D1089773

PAKKAL

Le village des ombres

Dans la série Pakkal

Pakkal, Les larmes de Zipacnà, roman, 2005.

Pakkal, À la recherche de l'Arbre cosmique, roman, 2005.

Pakkal, La cité assiégée, roman, 2005.

Pakkal, Le codex de Pakkal, hors série, 2006.

MAXIME ROUSSY

Pakkal
Le village des ombres

Les Éditions des Intouchables bénéficient du soutien financier de la SODEC, du Programme de crédits d'impôt du gouvernement du Québec et sont inscrites au Programme de subvention globale du Conseil des Arts du Canada.

Nous reconnaissons l'aide financière du gouvernement du Canada par l'entremise du Programme d'aide au développement de l'industrie de l'édition (PADIÉ) pour nos activités d'édition.

LES ÉDITIONS DES INTOUCHABLES
2316, avenue du Mont-Royal Est
Montréal, Québec
H2H 1K8
Téléphone : (514) 526-0770
Télécopieur : (514) 529-7780
info@lesintouchables.com
www.lesintouchables.com

DISTRIBUTION : PROLOGUE
1650, boulevard Lionel-Bertrand
Boisbriand, Québec
J7H 1N7
Téléphone : (450) 434-0306
Télécopieur : (450) 434-2627

Impression : Transcontinental
Infographie, maquette de la couverture
et logo : Benoît Desroches
Illustration de la couverture : Boris Stoilov

Dépôt légal : 2006
Bibliothèque nationale du Québec
Bibliothèque nationale du Canada

ISBN 2-89549-221-2

Résumé des péripéties précédentes

Trompé par Nozinan, un *sak nik nahal* du Refuge des sacrifiés, Pakkal révèle que Kalinox, le vieux scribe, possède les codex de Xibalbà, codex renfermant bien des secrets sur le Monde inférieur.

Sur le dos de Cama Zotz, le dieu chauve-souris, Pakkal est forcé par Buluc Chabtan de se rendre chez Kalinox. Le vieux scribe, à l'aide de son sifflet, appelle les animaux de la forêt à la rescousse. La stratégie porte ses fruits, les forces du Monde inférieur déguerpissent, mais elles répliquent. Cette fois, Buluc Chabtan n'entend pas à rire : il utilise son feu bleu. Pakkal et Kalinox sont sauvés *in extremis* par Siktok le lilliterreux transformé en tornade.

C'est maintenant officiel : afin de pouvoir sauver la Quatrième Création, Pakkal devra former l'Armée des dons, armée qui a déjà été constituée durant la Troisième Création, mais qui n'est pas parvenue à éviter la destruction de cette dernière. Itzamnà lui-même, père des dieux, lui confirme sa mission.

Pakkal se voit dans l'obligation de retourner à Palenque afin de participer à une partie de *Pok-a-tok*. Les astres, de par leur position particulière, le commandent. Le prince ignore qui sera son adversaire, ce qui l'inquiète.

Parallèlement, Katan, le chef de l'armée de la puissante cité de Calakmul, dont le nez a été arraché par un jaguar, s'apprête, avec ses soldats, à attaquer Palenque. Pakkal tente de l'en dissuader, mais sans succès. Lors de sa fuite, le garçon est fait prisonnier par deux chauveyas, soldats de Cama Zotz.

Il apprend de la bouche de Zine'Kwan, le grand prêtre, qu'il devra affronter son fils Selekzin au jeu de balle. Cet adversaire est redoutable, d'autant plus que sa manière de jouer est souvent déloyale et mesquine.

Pakkal retrouve sa mère qui éprouve des sentiments mitigés face à la partie de *Pok-a-tok* à venir.

Katan et l'armée de Calakmul décident d'attaquer Palenque, mais ils se butent à Buluc Chabtan qui utilise le sifflet de Kalinox pour jeter une harde de jaguars sur eux. Puis les chauveyas entrent dans la danse. C'est un véritable massacre. Un seul guerrier est épargné : le puissant Katan. Or, mordu par un chauveyas, lentement, il en devient un.

Lorsque Selekzin revient de son voyage à Xibalbà, le Monde inférieur, on s'aperçoit rapidement qu'il n'est plus le même. Ses traits sont durs et ses yeux ont jauni. Zine'Kwan est heureux, puisque lui et son fils pourront régner comme roi et prince sur Palenque. Mais la joie est de courte durée: Selekzin se débarrasse de son père.

Le match de *Pok-a-tok* a enfin lieu. Pakkal se défend plutôt bien, mais le score est serré. Sentant que la partie lui échappe, Selekzin utilise ses nouveaux pouvoirs pour contrôler la balle. Les spectateurs se révoltent et c'est le chaos. Le prince, grâce à son don de contrôler les insectes, parvient à empêcher un rocher, dirigé par Selekzin, de l'écraser.

Enfin, l'Armée des dons, avertie par Itzamnà, rapplique. Après le tumulte, on arrive à remettre la main sur le sifflet de Kalinox qui était tombé sur le sol. L'Armée des dons est parvenue enfin à chasser Xibalbà de Palenque. Mais pour combien de temps?

Lorsqu'il ouvrit les yeux après sa nuit de sommeil, Pakkal retrouva l'angoisse qui l'étreignait depuis plusieurs jours.

Il était dans sa chambre, dans sa maison, entouré d'objets qui lui appartenaient, ceux qu'il avait pu récupérer ou qui avaient échappé au pillage des chauveyas.

Chaque matin, son regard se posait sur une poterie que sa mère, dame Zac-Kuk, lui avait offerte le jour où il était parvenu à graver son nom, pour la première fois, dans du stuc, sous le regard attentif et sévère de maître Xantac, le scribe officiel de la cité, qui lui servait de professeur.

Le glyphe représentait un bouclier, soit un carré quadrillé aux coins arrondis. À chaque coin, un croissant de lune dans un cercle ; en plein milieu, un autre carré aux coins arrondis représentant un visage endormi : cela signifiait « Pakkal ». Le même glyphe ornait la ceinture dont son grand-père lui avait fait cadeau pour jouer à la balle. Le garçon ne voulait plus s'en débarrasser, de crainte que cela ne lui porte malheur. Il dormait avec, même si ce n'était pas très confortable. Il avait tout de même pris la décision de se fabriquer lui-même une ceinture, mais plus il mettait celle Ohl Mat, plus il était convaincu qu'il ne pourrait pas y en avoir une aussi confortable et pratique.

Pakkal avait retrouvé les morceaux de la poterie que sa mère lui avait donnée éparpillés sur le sol de sa chambre. Dame Zac-Kuk l'avait spécialement fait fabriquer par Siknak le potier. Elle représentait Pakkal en roi, image qui avait fort impressionné le jeune garçon. Il avait alors réalisé qu'un jour il accéderait à la plus haute marche de la hiérarchie de Palenque.

Lorsqu'il l'avait vue ainsi cassée, le prince avait eu un pincement au cœur. Il s'était agenouillé et avait ramassé tous les morceaux. Il était par la suite allé voir Siknak qui, sans rien lui promettre, lui avait dit qu'il allait faire tout son possible pour la reconstituer.

Le jour même, Siknak avait remis la poterie à Pakkal. Des fissures étaient visibles, elle semblait fragile, mais le potier avait tout de même réussi à la reconstituer.

Chaque matin, donc, le temps d'émerger de l'engourdissement de la nuit, Pakkal fixait la poterie et l'image de lui-même en roi qui l'ornait. Puis il fermait les yeux et revoyait dans sa tête les derniers instants passés dans la Forêt rieuse avec sa mère. Pourquoi s'était-il arrêté? Pourquoi avait-il baissé sa garde? Comment avait-il pu laisser Cama Zotz, le dieu chauve-souris, s'emparer de sa mère? Il aurait tant aimé pouvoir retourner en arrière.

Avant de s'endormir, lorsqu'il était seul avec ses pensées, le prince aimait s'imaginer qu'il réussissait à sauver sa mère. Dans ses rêves les plus audacieux, Cama Zotz le poussait pour le faire tomber et saisissait dame Zac-Kuk, mais il ne parvenait pas à s'envoler, puisque Pakkal bondissait sur lui et lui assénait un coup qui le faisait vaciller. Le garçon tirait alors sa mère des griffes de Cama Zotz. D'un coup de poing, il assommait la chauve-souris géante. Sa mère, saine et sauve, dormait aujourd'hui dans la pièce d'à côté. Cependant, la réalité était tout autre et elle angoissait Pakkal. Sa mère était prisonnière du Monde inférieur. Où se trouvait-elle? Souffrait-elle? Allait-il la revoir un jour? Chaque nouvelle question laissait s'infiltrer en lui la culpabilité et il sentait son estomac se nouer.

Pakkal se leva et ouvrit la cage de bois qui contenait Loraz, sa tarentule. Il se recoucha sur le lit, posa la bestiole sur son ventre, puis lui flatta le dos.

On cogna à la porte. Pakkal tourna la tête. Laya était appuyée au chambranle.

– Je te dérange? demanda-t-elle.

– Non, dit Pakkal.

Laya s'avança. Ses cheveux tombaient en cascade sur ses épaules pour descendre jusqu'au milieu de son dos. Ils semblaient soyeux au toucher.

La jeune fille s'assit sur le bord du lit du prince.

– Tu penses toujours à ta mère?

Pakkal tourna la tête.

– Non, mentit-il.

– Tu n'as rien à te reprocher, dit-elle.

– Je sais, fit Pakkal avec impatience.

– Nous allons la retrouver, murmura Laya.

Pakkal perçut dans la voix de Laya une tristesse infinie. Depuis que les forces du Monde inférieur avaient été chassées de Palenque par l'Armée des dons, pas une seule journée ne passait sans que Laya ressente le besoin de se réfugier dans la forêt pour pleurer. Avant que le soleil ne se couche, elle revenait en ville, les yeux rougis par les torrents de larmes qu'ils avaient déversées. Elle était maintenant orpheline puisque, dans sa folie meurtrière, le grand prêtre Zine'Kwan avait offert son père aux dieux. Elle avait pu discuter avec lui dans le Refuge des sacrifiés, mais depuis que Zipacnà, le géant à la tête d'alligator, avait renversé la sinistre bâtisse pour libérer les *sak nik nahal*, elle n'avait pas pu lui parler de nouveau. Par ailleurs, Pakkal s'était aussi demandé où étaient passés Xantac et toutes ces âmes prisonnières du Refuge des sacrifiés. Certes, elles avaient recouvré leur liberté, mais pour aller où ?

Un jour, Pakkal avait suivi Laya dans la Forêt rieuse, curieux de savoir ce qu'elle y faisait. Il ne pouvait concevoir qu'elle pleurait toute la journée. Il avait assisté à un spectacle aussi triste que pénible : Laya, à haute voix, n'avait de cesse d'appeler son père, Ximoch, le marchand de jade. Plus les minutes passaient sans qu'elle obtienne de réponse, plus elle désespérait. Pakkal avait rebroussé chemin, le cœur chiffonné. Depuis la disparition de son père, Laya n'était plus la même : elle ne souriait plus, mangeait très peu et, encore plus inquiétant et invraisemblable, ne parlait plus.

Sans lever les yeux de son araignée qui grimpait lentement sur sa poitrine, Pakkal déclara :

– Nous allons le retrouver.

Laya esquissa un sourire contrit en fixant le vide.

– Sauf ton respect, prince Pakkal, je n'en crois rien.

– Pourquoi pas ?

– Parce que je le sens.

Il y eut un silence, puis Pakkal dit :

– Est-ce que tu sens que nous retrouverons ma mère ?

– Oui.

Pakkal sentit que son amie avait voulu lui faire plaisir. Laya était désespérée et déprimée. Le garçon leva la main et toucha doucement sa tête. La texture de ses cheveux lui fit penser à ceux de sa mère. La princesse ferma les paupières. Les caresses de Pakkal alourdirent sa tête.

Ce doux moment fut interrompu par un cri provenant de l'extérieur de la hutte royale.

Depuis que les forces du Monde inférieur l'avaient précipitamment quittée, Palenque avait retrouvé sa tranquillité. Les jours suivants, les citoyens s'étaient mobilisés pour nettoyer les dégâts et redonner son lustre à leur ville. Les morts avaient été enterrés avec tout le respect qu'on leur devait et les édifices endommagés, réparés avec le plus de professionnalisme possible. Mais l'on devait se rendre à l'évidence: la cité allait garder des cicatrices, tout comme la mémoire des gens.

En l'absence de sa mère la reine, le prince Pakkal avait pris les rênes de Palenque et s'était empressé de rassurer ses sujets qui étaient, pour la plupart, traumatisés par la visite d'Ah Puch, dieu de la Mort, et consorts.

Donc, depuis leur départ, une paix relative était revenue à Palenque, même si le prince sentait que quelques-uns de ses citoyens avaient été échaudés et attendaient avec impatience que la royauté fasse preuve de leadership.

Le cri qui venait de retentir dans la ville avait fait sursauter Pakkal. Il était tôt et tout Palenque dormait sans doute encore. Le garçon se leva, déposa Loraz sur son épaule et se dirigea vers l'extérieur. Dans la hutte, il croisa sa grand-mère, dame Kanal-Ikal, les yeux encore bouffis de sommeil, raide comme une sarbacane.

– Qu'as-tu encore fait? lui demanda-t-elle.

– Ce n'est pas moi, se défendit-il.

Il empoigna la lance de Buluc Chabtan, dont Pak'Zil, son ami le scribe, tentait de décrypter les glyphes depuis des jours en compagnie du vieux Kalinox, et sortit de la hutte royale.

Pakkal vit, à cent mètres devant lui, une femme portant son bébé dans ses bras. Ce qu'elle voyait semblait l'effrayer au plus haut point, mais le prince n'arrivait pas à discerner ce dont il s'agissait, puisqu'une maison lui obstruait la vue. Il s'avança tout en demandant:

– Est-ce que ça va?

La mère restait sur place, apparemment paralysée par la peur. Pakkal s'avança puis aperçut avec stupéfaction ce qui faisait peur à la femme: un chauveyas.

Il avait cru que ces créatures étaient toutes retournées dans le Monde inférieur, mais il s'était vraisemblablement trompé : il y avait bel et bien un chauveyas devant lui, à moins de vingt-cinq mètres. La chauve-souris géante semblait affamée et de l'écume dégoulinait de sa gueule remplie de dents acérées. Elle était accroupie, en position d'attaque. À ses pieds gisait une poterie brisée en plusieurs morceaux.

– Couchez-vous ! cria Pakkal.

Mais la femme ne réagit pas. Pakkal était à quelques enjambées lorsque le chauveyas bondit sur sa proie. Le prince sauta et, les pieds devant, parvint à frapper le chauveyas, stoppé dans son élan. La bête tomba lourdement sur le sol. Un nuage de poussière s'éleva, traversé par les rayons de Hunahpù.

– Fuyez ! cria Pakkal.

La femme, qui serrait son très jeune enfant sur sa poitrine, sortit de sa torpeur et déguerpit. Le chauveyas s'aida de ses pattes avant pour se relever. Il avait maintenant Pakkal pour cible.

Le prince pointa la lance dans sa direction.

– Si tu oses faire un pas vers moi, je n'hésiterai pas à te transpercer avec ma lance, c'est compris ?

La bête ne prit pas sa menace au sérieux. Elle se mit en position d'attaque.

– Je te le jure, je vais le faire !

Pakkal entendit des pas derrière lui. Du coin de l'œil, il vit une épaisse chevelure virevolter au gré des foulées : c'était Laya. Elle se plaça derrière lui, comme s'il était un bouclier, et demanda :

– Alors, qu'attends-tu pour l'assommer ?

La présence du chauveyas semblait l'avoir magiquement animée.

– C'est ce que je m'apprêtais à faire, dit le prince entre ses dents, les yeux fixés sur la chauve-souris. Tu n'aurais pas dû venir jusqu'ici, c'est dangereux.

Laya fit une grimace.

– C'est dégueulasse ce qu'il a dans la bouche. Il a faim, tu crois ?

– Je ne sais pas, s'impatienta Pakkal.

Ce fut à ce moment que le chauveyas bondit. Il donna deux coups d'ailes pour prendre un peu d'altitude, puis, ses pieds griffus devant lui, chargea. Pakkal n'eut pas le temps de réagir et fut frappé en pleine poitrine. Il tomba à la renverse, entraînant Laya dans sa chute.

– Tu m'écrases, grogna-t-elle.

Comme une tortue renversée sur le dos, Pakkal tentait désespérément de se faire basculer pour reprendre sa position normale. Le chauveyas apparut au-dessus de lui et fit claquer ses dents à moins de dix centimètres de son visage. Le prince tendit les bras pour s'éloigner de la bête. Celle-ci battait des ailes afin de se donner encore plus de poids et exhibait des crocs prêts à pénétrer dans la chair du garçon.

Pakkal sentait qu'il n'allait pas pouvoir tenir longtemps le chauveyas à bout de bras. Ses bras n'étaient pas assez forts.

– Tu m'écrases, répéta Laya d'une voix étouffée.

Une grosse goutte d'écume se forma au coin de la bouche du chauveyas.

– Il va nous baver dessus ! cria Laya.

Pakkal avait vu la masse blanche prendre forme. Puis il la vit se détacher de son propriétaire pour suivre sa trajectoire vers son visage à lui. Au dernier instant, il esquiva la goutte de bave gluante qui alla s'écraser sur la figure de Laya. L'écume lui recouvrait le nez et les yeux, formant un masque.

– C'est... dégueulasse ! fit-elle. Et ça pue !

Avec l'énergie du désespoir, elle parvint à s'écarter de Pakkal et du chauveyas en faisant une roulade.

Le chauveyas s'envola et Pakkal en profita pour remettre la main sur la lance de Buluc Chabtan.

Laya était à genoux et, avec une main, retirait la substance visqueuse de son visage.

– Vous êtes un homme galant, très cher prince, lança-t-elle. Merci beaucoup.

Pakkal n'eut pas le temps de répliquer. Le chauveyas fondait sur Laya. Le prince prit son élan et, à l'aide de sa lance, lui asséna un coup dans le ventre. La bête tomba sur le dos. Une fraction de seconde de plus et la princesse était touchée.

– Vraiment un homme galant, répéta Laya, qui avait du mal à se débarrasser de l'écume.

Ce fut alors que Pakkal vit, dans le ciel, se diriger vers eux ce qui lui sembla être un autre chauveyas.

Il s'agissait en effet d'un chauveyas, mais Pakkal ne devait pas craindre celui-là : c'était Katan, l'ancien chef de l'armée de Calakmul, qui ne s'était pas tout à fait remis d'une morsure qu'un chauveyas lui avait infligée, et ce, même s'il avait bu de la sève extraite de l'Arbre cosmique, censée agir comme antidote.

Katan atterrit aux côtés du prince.

– Besoin d'aide, garçon ? lui demanda-t-il.

Pakkal s'approcha de lui.

– Peut-être, répondit-il.

– J'attends ce moment depuis longtemps.

Katan tenait dans sa main un bâton plat dont le côté était hérissé de prismes à base triangulaire. Il avait fabriqué lui-même son arme et avait demandé à Pak'Zil d'y graver des glyphes qui signifiaient « souffrance », « supplice » et « mort ». Personne ne lui avait demandé d'expliquer ses choix.

Il était allé voir Kalinox, le vieux scribe, afin de lui demander son avis : allait-il toujours garder cette forme, avec une queue, des oreilles surdimensionnées, des ailes et un corps complètement recouvert de poils ? Kalinox avait avoué son ignorance sur la question. En sortant de sa hutte, Katan avait rouspété qu'il aurait pu au moins ravoir son nez, nez qu'un jaguar lui avait à moitié arraché. L'animal avait par la suite connu un funeste destin.

Katan parlait peu et passait le plus clair de son temps à s'entraîner, notamment à exploiter ce nouvel attribut qu'étaient ses ailes. Il se portait toujours volontaire pour monter la garde et semblait n'avoir jamais besoin de dormir.

Katan s'approcha du chauveyas qui se relevait avec peine. Il lui empoigna la nuque et le souleva du sol. Même si Katan ressemblait à un soldat de l'armée de Cama Zotz, le dieu chauve-souris, il était beaucoup plus imposant, de sorte qu'on avait l'impression qu'il tenait devant lui sa progéniture.

– Alors, sale bestiole, dis-moi si tu as d'autres copains dans le coin.

Le chauveyas réagit en tentant de griffer Katan. Cela ne l'impressionna guère ; il le laissa choir et, avec son bâton, lui asséna un coup qui lui fit perdre connaissance.

Katan se tourna vers Pakkal :

– De la corde, il m'en faudrait. Lorsqu'il va se réveiller, j'aurai envie de m'amuser un peu avec lui. Ça va me divertir.

Le prince se dirigea vers la hutte royale. Laya l'accompagna.

– Ne le trouves-tu pas un peu brutal ? lui demanda-t-elle, encore à la recherche, avec sa main, de bave sur son visage.

– C'est son métier, répondit Pakkal.

– Son métier ? Il a l'air d'y prendre plaisir.

Dame Kanal-Ikal se tenait sur le pas de la porte. Elle plissait les yeux en essayant de voir ce qui se passait une centaine de mètres plus loin.

– Qu'est-il arrivé ?

– Je me suis fait baver dessus, expliqua Laya. C'est collant et, en plus, ça pue !

En entrant dans la maison, elle prit la direction du pot qui contenait de l'eau afin de se laver la figure.

– C'était un chauveyas, précisa Pakkal à sa grand-mère.

– Je croyais qu'ils étaient tous partis.

– Moi aussi.

Il fit le tour de la hutte trop rapidement à la recherche d'une corde, mais sans succès. Il sortit par la porte arrière et trouva ce qu'il cherchait dans la cour.

Lorsqu'il revint aux côtés de Katan, un autre chauveyas était étendu à ses côtés, hors de combat. Katan se frottait une épaule.

– Que s'est-il passé?

– Une autre de ces bestioles est arrivée du ciel et m'a attaqué. Avec ses griffes, elle m'a déchiré la peau.

Katan était blessé, une vilaine plaie faisant tache sur son épaule.

– Vous devez aller voir Bak'Jul, le praticien.

– Tu veux rire de moi, garçon? Le jour où j'entrerai dans sa hutte, ce sera parce que je serai mort. Et même mort, je crois que je me débattrais.

Pakkal donna la corde à Katan qui entreprit d'attacher les pattes et les ailes du premier chauveyas. Avec ses dents, il la coupa et prit ce qui lui restait pour ligoter l'autre chauveyas. Puis il attacha les deux chauves-souris ensemble.

– Il faudrait pouvoir les mettre dans un endroit sûr, dit-il.

– Une cage ? demanda Pakkal.

À cet instant, un claquement d'ailes se fit entendre. Pakkal tourna la tête vers le ciel. Trois autres chauveyas fonçaient vers eux. Katan les observait aussi.

– Ça commence à être intéressant, fit-il en mettant son bâton sur son épaule qui n'était pas blessée.

Les chauveyas tournoyèrent au-dessus de leurs têtes jusqu'à ce que l'un d'eux se décide à attaquer.

– Je l'ai, lança Katan.

Pakkal se coucha par terre, et le chauveyas le frôla. D'un coup de bâton, Katan le rabattit au sol.

– Et de trois, cria-t-il.

Il s'envola en direction des deux autres chauveyas qui ne s'attendaient pas à voir un inconnu entrer dans leur territoire. Il les empoigna par le cou et les fit se heurter. Ils descendirent en vrille et s'écrasèrent sur le sol.

– Et de cinq, dit Katan en atterrissant.

Pakkal leva la tête et scruta les alentours.

– D'où peuvent-ils bien provenir ?

Katan fronça les sourcils.

– Ils viennent du ciel, garçon, répliqua-t-il, se demandant pourquoi Pakkal posait une question dont la réponse semblait aussi évidente.

La tête toujours levée, le prince regarda du coin de l'œil l'énorme chauve-souris qui se trouvait à ses côtés, question de s'assurer de son sérieux. Manifestement, Katan ne blaguait pas.

– Je sais bien qu'ils viennent du ciel. Mais avant d'apparaître dans le ciel, ils devaient bien se trouver ailleurs, non ?

– Quelle importance ? demanda Katan.

– Le Monde inférieur a peut-être envahi une autre ville.

Katan retourna l'un des chauveyas. Pakkal remarqua qu'il n'avait qu'un bras. L'ancien chef de Calakmul arracha le collier que portait la bête. Il le scruta, puis le tendit au prince.

– Tu as raison, Pakkal. Je crois que quelques-unes de ces bêtes font partie de mon armée.

À la demande de Pakkal, Zipacnà revint avec une dizaine de troncs d'arbres sous le bras. Chacun des pas du géant à la tête de crocodile faisait trembler le sol de la cité. Les citoyens, au début, craignaient ce monstre gigantesque. Ils se cachaient dans leurs huttes respectives en priant pour qu'un de ses grands pieds ne les écrase pas. Le prince avait jugé bon d'aller de maison en maison afin de leur expliquer que Zipacnà était un allié, même s'il était un dieu du Monde inférieur.

Attachés les uns aux autres, Katan avait traîné les cinq chauveyas à l'orée de la Forêt rieuse, là où personne n'osait s'aventurer, ou presque. Il avait demandé à Pakkal s'il pouvait les garder en captivité. Celui-ci avait hésité, craignant que l'un d'eux ne s'échappe. Katan lui avait assuré qu'ils seraient gardés dans une cage.

– Une cage? Quelle cage? avait lancé Pakkal.

Zipacnà avait été chargé d'aller arracher des arbres dans la Forêt rieuse. Pour lui, il ne s'agissait que de les empoigner à la base et de tirer un bon coup vers le haut, un peu comme l'aurait fait un Maya pour déterrer une carotte.

Pakkal avait cependant demandé que seuls les arbres morts ou malades soient arrachés. En fin de compte, il avait décidé d'accompagner Zipacnà. Assis sur son épaule, il l'avait guidé.

En revenant à Palenque, Zipacnà fit descendre Pakkal.

– Où dois-je déposer les troncs? demanda le géant.

Katan atterrit aux côtés de Pakkal.

– Dépose-les ici, dit-il. Il faut les planter en cercle.

Zipacnà laissa tomber les troncs à quelques mètres de Pakkal et de Katan. Ils reculèrent tout en se protégeant le visage avec leurs bras.

– Hé, cria Katan, là-haut, on pourrait faire attention aux plus petits que soi?

– Désolé, fit Zipacnà.

Avec un bâton, Katan traça un cercle sur le sol.

– Je veux que tu plantes les troncs ici, expliqua Katan. Mais avant, coupe-les en deux, ils sont trop grands.

Zipacnà, comme s'il s'agissait d'une branche sèche, cassa les troncs en deux les uns après les autres. Puis il les planta en suivant les indications de Katan. Il avait laissé un espace entre eux afin que le gardien puisse observer ses prisonniers à l'intérieur.

Katan se tourna vers Pakkal.

– Tu aimes ma prison? demanda-t-il.

– C'est une bonne idée. Il reste maintenant à les faire entrer, il n'y a pas de porte.

Katan, qui avait entre-temps attaché les pattes et les ailes des chauveyas, en empoigna un, s'envola et, une fois au-dessus du cercle formé par les troncs d'arbres, le laissa tomber. Il fit de même avec les quatre autres. Puis il demanda à Zipacnà d'utiliser les arbres qui restaient pour en faire un toit.

Katan croisa les bras et regarda fièrement les prisonniers.

– Je ne comprends toujours pas à quoi cela va nous servir, déclara Pakkal.

– J'aime avoir des prisonniers, répondit Katan. Et ça pourrait amuser les enfants. Quand j'étais enfant, mon père avait rapporté un ours. On a beaucoup joué avec lui, jusqu'à ce qu'il arrache un bras à mon frère.

Pakkal se tourna vers lui et leva un sourcil.

– Avez-vous remarqué que vous faites peur aux enfants ? Vous croyez vraiment que cela les distrairait ?

Certains des chauveyas remuaient. Ils émergeaient lentement de leur inconscience.

Katan s'approcha et fit signe à Pakkal, avec sa queue, de faire de même.

– Sur les cinq, trois sont mes soldats. Et tu vois celui qui a des plumes de quetzal sur la tête ?

Ce chauveyas ne bougeait pas, il était encore sonné. C'était celui qui n'avait qu'un bras.

– Oui.

Katan exhiba le collier qu'il lui avait arraché quelques minutes auparavant.

– Il appartient à mon frère. Il ne l'enlevait jamais.

Le prince regarda le chauveyas.

– Vous croyez qu'il s'agit de votre frère?

– J'en suis persuadé.

Pakkal fit passer sa tête entre deux troncs.

– Que faisait-il?

– Il était agriculteur. Le meilleur maïs de la ville, c'était lui qui le faisait pousser. Il était aussi grand et fort que moi, mais il n'avait qu'un bras.

– Je suis désolé, souffla Pakkal.

– Désolé pour quoi?

– Pour votre frère.

Katan glissa sa tête entre deux arbres.

– Je n'ai jamais été désolé, je ne commencerai pas aujourd'hui. Un chef d'armée ne peut pas se permettre ce genre de faiblesse.

L'un des chauveyas porta sa patte griffue à sa tête, puis entreprit de se relever.

– Il est trop tard pour lui, conclut Katan.

Il avait raison: même si on lui donnait à boire de la sève de l'Arbre cosmique, son état ne se modifierait en rien. La raison pour laquelle Katan, après l'ingurgitation de ce liquide, était resté mi-Maya mi-chauveyas restait nébuleuse. Kalinox le scribe avait émis l'hypothèse que Katan avait bu la sève de l'Arbre cosmique à un moment charnière de la transformation, mais il ignorait lequel.

– S'il est devenu un chauveyas, réfléchit à haute voix Pakkal, c'est qu'il a été mordu.

– Oui, répondit Katan.

Perdu dans ses pensées, le prince ne vit pas qu'un des chauveyas s'était remis sur ses pattes. Il sentit qu'on le tirait violemment vers l'arrière. Une chauve-souris géante, fonçant dans les barreaux faits de troncs d'arbres, avait tenté de l'agripper.

Pakkal retrouva son équilibre.

– Merci de m'avoir tiré de là, dit-il à Katan.

Le chauveyas était furieux. Avec ses dents, il mordait les barreaux et poussait des grognements.

– Je crois qu'on va oublier votre idée d'amusement pour les enfants, fit Pakkal.

– Pourquoi ?

Pakkal était déjà ailleurs.

– Je crois que le Monde inférieur a envahi Calakmul. Il va falloir leur venir en aide.

– Je suis sûr que les enfants...

Le prince le coupa :

– Il faut réunir l'Armée des dons.

Pakkal se dirigea vers le temple royal et grimpa les marches deux par deux. Katan lui emboîta le pas.

– Je ne comprends pas... Pourquoi mon idée pour les enfants n'est-elle pas bonne?

En entrant dans le temple royal, le jeune prince demanda à un fonctionnaire d'aller prévenir les membres de l'Armée des dons qu'une réunion devait se tenir le plus rapidement possible.

C'était la première fois que Pakkal demandait officiellement à l'Armée des dons de se rassembler. L'heure était grave: Calakmul était envahie par les forces du Monde inférieur. Le garçon était persuadé qu'Ah Puch n'allait pas s'arrêter là. Le dieu de la Mort avait échoué dans sa tentative de prendre le contrôle de Palenque, mais cela n'avait pas été suffisant pour le détourner de ses desseins. S'il parvenait à prendre possession de toutes les cités mayas à l'exception de Palenque, l'Armée des dons serait-elle assez puissante pour contrecarrer ses plans? Parviendrait-elle à empêcher la destruction de la Quatrième Création? Pakkal en doutait.

Lorsque l'Armée des dons avait réussi à chasser le Monde inférieur de Palenque, et en l'absence de la reine Zac-Kuk, Pakkal avait cru de son devoir, en tant que prince, de prendre les rênes de Palenque. Au pied du temple royal, il avait réuni les citoyens traumatisés par l'invasion sauvage qu'ils venaient de subir et leur avait assuré qu'il ferait tout ce qui était en son pouvoir pour que cela ne se reproduise plus. Il avait parlé de sa mère qu'il allait retrouver, de la rencontre qu'il avait faite avec Itzamnà, le dieu des dieux, et de l'Armée des dons. Quelques questions avaient été posées au jeune prince à ce propos, et ses réponses avaient été plutôt évasives. Itzamnà n'avait pas été des plus loquaces lorsqu'il en avait parlé à Pakkal. Celui-ci savait que cette armée était constituée d'êtres qui possédaient des talents particuliers, mais ignorait totalement quelle serait sa véritable utilité.

Pakkal, lui, pouvait contrôler les insectes.

Zipacnà le géant soulevait des montagnes.

Katan était un redoutable guerrier, plus encore depuis qu'il possédait les caractéristiques d'un chauveyas.

Frutok le hak, tootkook invisible le jour lorsqu'il était aux alentours de l'Arbre cosmique, possédait une vision hors du commun en raison de ses multiples yeux (Pakkal les avait comptés : il en avait seize !) et rien ne résistait à ses trois poings surdimensionnés, dont l'un terminait sa queue.

Il y avait également Siktok le lilliterreux, fils d'Ox, rédacteur des codex de Xibalbà, fait de terre et de poussière, et qui pouvait, notamment, se transformer en tornade.

Zenkà de Kutilon était pourvu d'un talent exceptionnel pour le tir à la lance, entre autres. Même si des obstacles se trouvaient entre lui et sa cible, il arrivait à l'atteindre.

Ces cinq êtres, six avec Pakkal, possédaient des dons. Mais allaient-ils être capables de mettre un frein aux élans destructeurs d'Ah Puch ? Pakkal en doutait fortement. En fait, il ne savait pas exactement où tout cela allait le mener. Itzamnà lui avait confirmé les dires de Kalinox : l'Armée des dons était une partie de la solution pour empêcher la destruction de la Quatrième Création. Mais concrètement, qu'est-ce que cela signifiait ?

Le prince voyait dans le regard de certains citoyens de Palenque de l'incrédulité et de la méfiance. Il n'était pas en mesure de les convaincre, puisqu'il n'avait rien de concret à leur proposer. Il voulait les rassurer, leur montrer qu'il pouvait gouverner Palenque malgré ses douze ans. Ne disait-on pas de lui qu'il allait devenir dieu un jour ? La preuve ne résidait-elle pas dans le fait que chacun de ses pieds comptait six orteils ? Et s'il se trompait ? Et s'il n'était qu'un imposteur ?

Tour à tour, les membres de l'Armée des dons firent leur entrée. Le premier fut Zenkà.

– Prince Pakkal, les huttes sont presque toutes réparées. Ce soir, tous les citoyens de Palenque auront un toit au-dessus de leur tête.

La première décision que Pakkal avait prise avait été de concentrer tous les efforts sur la reconstruction des huttes détruites lors du passage des forces du Monde inférieur dans la cité. Mais il y avait aussi d'autres problèmes urgents à régler : toutes les récoltes avaient été perdues, il y avait eu des morts, et les habitants de Palenque étaient sonnés et découragés.

Katan et Frutok se présentèrent à leur tour. Ils avaient une discussion animée. Soudain, Frutok frappa le poing de sa queue sur le sol. Un morceau du plancher, qui était fait de roc, se fissura.

– Regarde ce que tu as fait, nigaud, lui dit Katan.

Frutok ouvrit ses grandes mains et les referma.

– Tu veux voir si je suis un nigaud ? Approche un peu.

Même si c'était Frutok qui avait permis à Katan de ne pas devenir complètement chauveyas, la relation entre eux demeurait tendue et il ne se passait pas une journée sans qu'une dispute éclate.

– Où est Siktok ? demanda Pakkal en sortant sur le balcon.

Le prince regarda aux alentours. Aucune trace du lilliterreux. Puis il vit un nuage de poussière avancer vers le temple royal. Siktok arrivait.

Dès qu'il mit le pied dans le salon royal, il se précipita sur la cruche d'eau.

– Empêchez-le de boire ! cria Pakkal.

Zenkà le retint.

– Z'ai zoif ! s'exclama Siktok. Ze veux boire de l'eau !

– Pas tout de suite, répondit Pakkal. Je dois vous entretenir d'affaires importantes, je ne veux pas que tu ronfles pendant que je vais parler.

– Ronfler ? fit Siktok, insulté. Ze ne ronfle pas, moi !

L'air piteux, le lilliterreux s'éloigna de la cruche.

Pakkal regarda autour de lui.

– Zipacnà, il manque Zipacnà.

– Je suis ici, prince Pakkal.

Le prince se retourna. Par la fenêtre, il vit un énorme œil jaune traversé verticalement par une fente noire.

– Très bien. Tout le monde est ici, nous pouvons commencer.

Pakkal leur expliqua ce qu'il redoutait: Calakmul avait été envahie par Ah Puch. Il croyait, en outre, qu'il était du devoir de l'Armée des dons d'intervenir.

Autrefois, l'idée même d'aider Calakmul, qui avait été responsable de bien des malheurs, dont la mort de son grand-père, eût été inconcevable. Encore plus inimaginable: le sanguinaire chef de l'armée de Calakmul, celui dont le nez avait été arraché par un jaguar, celui qui avait blessé profondément Ohl Mat, le grand-père de Pakkal, celui qui avait hanté les cauchemars du prince pendant longtemps, était dans la même pièce que lui et ne représentait plus une menace, bien au contraire. La situation semblait irréelle.

– Alors, demanda Zenkà, qu'attendons-nous? Allons à Calakmul!

L'idée d'aller à Calakmul était bonne, se disaient les membres de l'Armée des dons, mais y aller à pied était hors de question: il fallait compter plusieurs jours de marche dans une forêt dense qui fourmillait de dangers.

Katan, chef de l'armée, savait par expérience qu'une expédition entre Calakmul et Palenque lui coûtait toujours des hommes : sur cent soldats, il en perdait une vingtaine en route, avait-il avoué. Entre autres, les serpents, les jaguars et le chemin pour s'y rendre, peu propice à la marche et rempli de pièges naturels, étaient impitoyables. L'Armée des dons ne pouvait se permettre de perdre l'un de ses membres.

– Moi, je peux vous y emmener, intervint Zipacnà. Même si un animal me mordait, je ne suis même pas sûr que je le sentirais.

Katan se tourna vers le géant à la tête d'alligator et déclara :

– Nous devons les surprendre pour ne pas leur laisser le temps d'organiser une défense.

– Nous sommes trop peu, dit Pakkal. Si des chauveyas sont parvenus jusqu'à nous...

– Des zauveyas ? demanda le lilliterreux, affolé. Des zauveyas de Zibalbà ? Où zont-ils ?

– Nous les avons capturés, répliqua Katan. Là où ils sont, ils ne feront de mal à personne.

– Peureux ! murmura Frutok.

Zenkà de Kutilon prit la parole :

– Il nous faut trouver un moyen de nous déplacer rapidement.

Pakkal songea à l'Oiseau céleste qu'il était arrivé à faire voler à l'aide des moustiques. Or, jamais ces derniers ne pourraient supporter le poids de Zenkà, de Katan, de Frutok, de Siktok et le sien. Il fallait trouver une autre solution.

– Je suggère, avant tout, d'aller faire un tour de reconnaissance, lança Katan. En volant, si je pars maintenant, je pourrais être à Calakmul avant la disparition de Hunahpù.

Les membres de l'Armée des dons se tournèrent tous vers Pakkal, attendant sa réaction.

– Oui..., hésita le prince. Oui, je pense que c'est une bonne idée.

– De cette manière, nous saurons à quoi nous en tenir, ajouta Katan.

– Oui, je crois que c'est la meilleure solution.

Pakkal avait remarqué que jamais sa mère n'hésitait lorsqu'elle prenait une décision, même si cela pouvait avoir des répercussions majeures. Il se rendait compte qu'il n'était pas aisé de paraître sûr de soi, surtout lorsqu'on n'était pas persuadé que la décision que l'on venait de prendre était la meilleure.

– Alors, je pars immédiatement, dit Katan.

Cette nouvelle aventure semblait l'exciter au plus haut point.

Il se dirigea vers la porte et se tourna vers Pakkal.

– Je peux partir, prince Pakkal ?

– Oui, oui. Vas-y.

Katan frappa sa palette de bois dans sa main libre, sourit et, avant de s'envoler, cria :

– À plus tard !

Pakkal le regarda s'éloigner.

– Il a l'air trop heureux de partir, marmonna Frutok. C'est louche.

– C'est un guerrier, avança Zenkà, il s'anime lorsqu'il y a de l'action.

Frutok fit voler dans les airs le poing au bout de sa queue. Cela signifiait qu'il était contrarié.

– Il vous inspire confiance, prince Pakkal ?

Cette fois, le prince s'efforça de paraître sûr de lui.

– Oui, il m'inspire confiance. En attendant son retour, concentrons nos efforts sur la reconstruction de Palenque.

Frutok sortit de la pièce en grognant.

Zenkà s'approcha de Pakkal et posa une main sur son épaule.

– Pas facile, n'est-ce pas ?

Pakkal esquissa un timide sourire. Zenkà descendit les marches du temple royal.

– Ze peux ?

Le lilliterreux observait avec fébrilité la cruche qui contenait de l'eau. Il trépignait d'impatience.

– Oui, tu peux.

Siktok se précipita, la tête la première, dans l'ouverture de la cruche et but toute l'eau qu'il pouvait.

Pakkal sortit sur le balcon du temple royal. Il s'assit sur une pierre taillée en forme de tête de jaguar.

Le ciel s'était couvert. Des nuages noirs avançaient lentement vers la cité. Chac allait envoyer de la pluie. Il y avait aussi des éclairs, et le tonnerre, au loin, grondait. Pakkal espérait que les précipitations allaient aider les agriculteurs. La venue du Monde inférieur à Palenque avait, semble-t-il, gâté toutes les récoltes et les réserves. Les citoyens avaient faim. Ils ne s'en plaignaient pas encore ouvertement, mais le prince sentait qu'il allait devoir, bientôt, faire face à la grogne populaire. Comment allait-il pouvoir remédier à la situation ?

Il ne pouvait se fier à un grand prêtre qui aurait pu lui interpréter ce que la voûte céleste avait à leur dire. Il devait se faire confiance.

Pakkal entendit un bruit sourd provenant du salon royal. Il tourna la tête, attendit quelques instants, puis replongea dans ses pensées.

Un autre bruit. Cette fois, c'était celui d'une poterie qui venait de se fracasser sur le sol.

« Siktok », se dit Pakkal.

Il se releva et entra dans le salon. Le lilliterreux faisait dos au mur dans un coin de la pièce. Il dormait.

À l'autre bout de la pièce, à côté du trône royal, la cruche qui avait contenu l'eau était brisée. À la manière dont les morceaux étaient éparpillés, Pakkal se demanda si on lui avait flanqué un coup de pied.

Il sentait que Siktok et lui n'étaient pas seuls dans la pièce.

Il se dirigea, sur la pointe des pieds, vers la chambre où il gardait la lance de Buluc Chabtan. Elle était toujours là, appuyée contre le mur du fond.

Cela le rassura. Quelques instants avant qu'il ne l'empoigne, il sentit qu'on passait un bras autour de son cou.

– Pas un bruit, sinon je vous tue, dit une voix.

Pakkal avait du mal à respirer. Avec ses mains, il tentait désespérément de dégager sa gorge.

– Je ne peux pas respirer, souffla-t-il.

Cela n'eut pas l'effet escompté : l'inconnu resserra son étreinte.

Le prince se fit traîner hors du palais royal, par la porte arrière, celle qui donnait sur la Forêt rieuse. L'inconnu était rude avec lui et assez fort pour le soulever du sol. Plusieurs fois en descendant les marches, Pakkal craignit de perdre l'équilibre et de les débouler.

Il fut amené une centaine de mètres plus loin dans la forêt. Puis l'inconnu s'arrêta et le projeta sur le sol. Le prince se retourna : il s'agissait d'un membre des Fourmis rouges, la bande dont Selekzin, fils du grand prêtre Zine'Kwan et maintenant allié du Monde inférieur, était auparavant le chef. Pakkal reconnut le chapeau caractéristique : plusieurs branches dont deux en forme de mandibule.

Il s'appelait Nalik. Il était le seul de la bande qui, pour une raison que l'on ignorait, se peignait le visage en rouge et en blanc. Son père et ses deux frères aînés avaient été tués durant la dernière invasion de Palenque par Calakmul. Sa mère ne s'en était jamais remise, de sorte que Nalik avait été laissé à lui-même. Il était reconnu pour son manque de savoir-vivre et ses frasques. Lorsqu'il avait intégré la bande des Fourmis rouges, il s'était calmé quelque peu, préférant agir en catimini. De toutes les Fourmis rouges, après Selekzin, il était celui qui possédait le plus de potentiel pour devenir guerrier, mais son allergie à toute discipline le disqualifiait sur-le-champ. On disait de lui qu'il avait développé des qualités d'espion, qu'il avait un talent certain pour prêter une oreille attentive à des conversations qui ne le regardaient pas.

Nalik envoya un coup de pied que Pakkal réussit à éviter.

– Qui êtes-vous ?

Pakkal mit ses mains devant lui pour se protéger.

– Je suis Pakkal, prince de Palenque.

Le visage de Nalik était rouge de colère. Il tenta de donner à Pakkal un autre coup de pied que celui-ci esquiva de nouveau.

– Qui êtes-vous *vraiment ?*

Le prince se releva prestement.

– Qui sont tous ces énergumènes dans la cité ? poursuivit Nalik.

Pakkal comprit qu'il parlait de Siktok, de Zipacnà, de Zenkà, de Katan et de Frutok.

– Ils sont là pour nous aider.

– C'est ce que vous dites.

Nalik claqua des doigts. D'autres membres de la bande surgirent. Ils étaient armés de sarbacanes ou de bâtons. Pakkal en compta quatre devant lui. Il se retourna : il y en avait trois de plus.

Nalik leva le bras. Les Fourmis rouges s'arrêtèrent.

– Je crois que votre famille porte malheur à Palenque. Il est temps de mettre fin à votre règne. Depuis que votre grand-père a accédé au trône, la cité ne vit que des calamités.

Il dégaina un couteau en obsidienne.

– Peut-être que les dieux apprécieront notre geste et laisseront enfin Palenque tranquille. Nous le méritons.

– Laissez-moi vous expliquer, dit Pakkal.

– Il n'y a pas d'explications à donner. Votre heure et celle de votre grand-mère sont venues.

Dame Kanal-Ikal ! Nalik vit le visage de Pakkal se décomposer.

– Effectivement, continua-t-il, pendant que mes camarades et moi nous occupons de vous, d'autres se chargent de votre grand-mère. Votre lignée sera enfin anéantie. Et après, nous nous chargerons de vos amis bizarres.

– Itzamnà lui-même m'a demandé de former l'Armée des dons, répliqua Pakkal.

Nalik eut un rire narquois.

– Itzamnà m'a aussi demandé *lui-même* de vous éliminer.

Sans avertissement, Nalik bondit en direction de Pakkal, le couteau d'obsidienne brandi. Le prince parvint à empoigner son bras et à le projeter contre un tronc d'arbre.

Le choc fit perdre à Nalik son chapeau. Il le ramassa lentement et le remit sur sa tête.

– On aurait dû interpréter la présence de vos six orteils comme une malédiction. C'était un signe que vous n'apporteriez rien de bon à Palenque. Et que dire de votre don de?...

Nalik regarda au-dessus de l'épaule de Pakkal qui n'eut pas le temps de réagir: un bâton s'abattit sur sa tête. Son chignon absorba une grande partie du choc. Le prince se retourna et donna un coup de pied derrière le genou de son assaillant qui s'écroula.

Pakkal lança à Nalik:

– Je ne veux pas me battre. Faites-moi confiance. Le Monde inférieur veut détruire la Quatrième Création et je veux l'en empêcher.

– Le Monde inférieur, c'est ici, affirma Nalik.

Pakkal vit un garçon trapu pointer une sarbacane dans sa direction. Quelques secondes plus tard, un dard vint se planter en plein milieu de l'œil qui ornait son plastron. Le prince regarda un bref instant le propriétaire de la sarbacane, releva lentement la tête et constata qu'il en insérait une autre dans son arme. Il se précipita vers lui pour la lui arracher. Le garçon trapu empoigna le prince à la gorge. Ce dernier lui asséna un coup de talon sur ses pieds nus, ce qui le déstabilisa assez longtemps pour permettre à Pakkal de se libérer de son étreinte. Un coup de genou dans le ventre de la Fourmi rouge lui coupa le souffle et l'obligea à s'agenouiller.

Tous les assaillants de Pakkal formaient un arc de cercle à quelques mètres de lui. Il serra les poings.

– Il est inutile de nous battre, assura-t-il.

– Inutile pour toi, souffla Nalik, peut-être…

Sous les pieds des Fourmis rouges, le sol devint instable. Nalik regarda le sol, puis Pakkal, et fronça les sourcils.

– Vous croyez que cela m'impressionne ?

Des mille-pattes de différentes grosseurs émergeaient du dessous des feuilles en putréfaction. Il y en avait tant que les Fourmis rouges, les unes après les autres, perdirent l'équilibre et tombèrent. Elles disparaissaient sous les insectes au corps long et mince et aux centaines de pattes coordonnées. Elles tentaient de se relever, mais perdaient pied chaque fois.

Pakkal s'avança et regarda Nalik se démener.

– Et ça, ça t'impressionne?

En se retournant, Pakkal fit face à un garçon qui n'était pas aux prises avec les mille-pattes. Il était plus grand que lui d'au moins deux têtes. Le prince reçut un coup de poing dans le ventre qui lui coupa le souffle.

– Et ça, dit l'autre, ça t'impressionne?

Pakkal avait reçu le coup en plein estomac. Plié en deux, agenouillé sur le sol, il tentait tant bien que mal de respirer. La Fourmi rouge avait frappé sur la partie inférieure de son plastron, là où c'était mou, pour permettre des mouvements fluides au jeu de balle.

Le prince sentit que l'on empoignait le chignon de ses cheveux. Il fut forcé de se relever. La Fourmi rouge lui donna un autre coup de poing, cette fois sur la poitrine. Le prince ne ressentit pas de douleur parce que protégé par son plastron, mais le coup fut si puissant qu'il fut projeté dans les airs. Il termina sa course contre un tronc d'arbre.

Nalik et ses comparses, entre-temps, s'étaient redressés. Les mille-pattes avaient soudainement cessé de les assaillir et étaient retournés sous les feuilles et dans le sol.

Les Fourmis rouges formèrent un cercle autour de Pakkal.

– Cette fois, ne lui laissons pas la chance de tricher, dit Nalik. Finissons-en avec lui.

Le nouveau chef des Fourmis rouges, couteau en main, s'approcha de Pakkal.

– Youhou !

Une voix féminine interrompit Nalik. Toutes les têtes se tournèrent, y compris celle du prince.

– Vous n'avez pas honte de vous en prendre au prince ?

Pakkal avait reconnu la voix de Laya.

Nalik fit signe à trois Fourmis rouges d'aller s'occuper d'elle.

Le prince profita de cette diversion pour donner un coup de pied dans les chevilles de Nalik. Cela eut l'effet escompté : Nalik glissa, se retrouvant le visage dans les feuilles pourries. Pakkal se releva promptement et se faufila entre deux Fourmis rouges.

– Attrapez-le, cria Nalik, la mâchoire crispée par la colère.

Agilement, Pakkal parvint à contourner les Fourmis rouges qui voulaient lui mettre la main dessus.

Il attrapa le bras de Laya, et les deux amis se mirent à courir côte à côte.

– Tu es folle, mais merci quand même.

– J'accepte les remerciements, mais je ne suis pas folle !

Pakkal entendit siffler les dards que l'on projetait vers eux. Les Fourmis rouges étaient à leur poursuite.

Laya força Pakkal à se diriger vers un gros rocher. Celui-ci manifesta son désaccord.

– Non, pas par là.

– Si !

Laya tira son bras avec une telle vigueur qu'il n'eut d'autre choix que de la suivre. Il comprit rapidement pourquoi son amie avait voulu prendre cette direction.

– Salut, les amoureux !

C'était Frutok le hak, Zenkà à ses côtés.

– Il faut sauver ma grand-mère, dit Pakkal. Et je ne suis pas amoureux !

Les Fourmis rouges étaient tout près. Zenkà fit passer sa lance d'une main à l'autre.

– Nous allons sauver notre peau avant celle de votre grand-mère, d'accord ?

Le guerrier de Kutilon sauta sur le rocher et poussa un cri. Les Fourmis rouges se figèrent.

Avec l'une de ses grosses mains, Frutok fit signe à Laya et à Pakkal de s'éloigner. Il prit le rocher et le souleva au-dessus de sa tête. D'instinct, les Fourmis rouges firent marche arrière. Le hak plaça la main de sa queue sous le rocher.

Zenkà s'agrippa à une branche d'arbre, se donna un élan et se lança, les jambes devant, vers Nalik qui se tenait derrière ses copains. Le chef de la bande reçut ses pieds en pleine poitrine.

– Attention les chapeaux ! cria Frutok.

Le projectile fut projeté en direction des Fourmis rouges qui se couchèrent aussitôt sur le sol pour éviter d'être atteints.

Zenkà donna un coup de lance sur la main de Nalik, qui tenait le couteau en obsidienne, avec l'intention de le désarmer. Mais il n'y arriva pas. Nalik fit une roulade et donna un coup de couteau que Zenkà bloqua au dernier instant.

Les Fourmis rouges que le hak avait fait tomber se relevèrent. Frutok leva ses deux poings en l'air et frappa le sol.

Un garçon muni d'un bâton attaqua Frutok. À l'aide de sa queue, ce dernier le fit valdinguer dans un buisson.

Nalik, toujours sur le sol, ne cessait de donner des coups de couteau. Zenkà l'évitait chaque fois et, avec sa lance, tentait de le désarmer.

– Laisse tomber ton couteau, ordonna-t-il.

En guise de réponse, Nalik tenta de lui asséner un autre coup de couteau.

Les autres membres de la bande décidèrent d'attaquer Frutok en groupe. Une fois qu'ils furent assez près, le hak tourna sur lui-même et étendit sa queue qui ramassa, au passage, ses assaillants.

Laya et Pakkal observaient la scène d'un peu plus loin, derrière un arbre.

– Tu crois que nous devrions aller les aider ? demanda la jeune fille.

– Non, nous devons aller au secours de ma grand-mère.

– Ce Zenkà, fit Laya, il est fort.

Pakkal murmura :

– Pas si fort.

Au même instant, le garçon que Frutok avait projeté dans un buisson sauta sur le dos de Pakkal. Le prince empoigna son bras et le fit passer par-dessus lui. La Fourmi rouge retomba sur le dos.

Zenkà réussit enfin à désarmer Nalik. Il se plaça au-dessus de lui et leva sa lance. Nalik en fixait l'extrémité pointue avec angoisse.

Frutok prenait dans ses mains les Fourmis rouges qu'il avait fait tomber et les catapultait dans un marais plus loin comme s'il s'agissait de vulgaires pierres. Une fois son travail terminé, il entendit un son derrière lui : à quelques mètres de lui, le prince de Palenque était aux prises avec une Fourmi rouge agrippée à son dos. Mais Pakkal réussit à renverser la situation en faisant basculer son adversaire par-dessus lui. Frutok s'approcha et poussa le prince. Avec la main de sa queue, il saisit la Fourmi rouge, lui fit exécuter quelques tours dans les airs et l'envoya rejoindre ses camarades dans le marais.

Un cri fit sursauter Pakkal et Laya. C'était Zenkà. Il avait porté sa main à son mollet. Le visage crispé de douleur et de hargne, il replaça les deux mains sur sa lance et la souleva. Il visa la poitrine de Nalik.

– Non ! cria Pakkal.

Zenkà, ayant désarmé Nalik, le maintenait en joue avec sa lance. Mais, d'un geste rapide, Nalik avait dégainé un couteau qu'il portait à la cuisse et dont l'étui était caché par ses vêtements. Le couteau, également en obsidienne, était petit mais tranchant ; c'était le seul souvenir qu'il conservait de son père et qu'il gardait toujours sur lui. Il l'avait planté dans le mollet de Zenkà qui avait crié de douleur.

D'un coup de pied, le guerrier de Kutilon avait expédié le couteau plus loin. En colère, il avait serré sa lance entre ses deux mains et l'avait levée. La poitrine de Nalik était sa cible et il ne la raterait pas.

– Non!

Zenkà ne se laissa pas déconcentrer par le cri qu'il venait d'entendre. Il avait reconnu la voix de Pakkal.

– Zenkà, non! cria de nouveau le prince qui courait dans sa direction.

Les mains de Zenkà tenaient la lance avec fermeté; ses jointures étaient blanchies par l'effort.

Pakkal se planta à côté du guerrier.

– Ne fais pas ça, Zenkà.

Zenkà avait la mâchoire serrée et les lèvres retroussées de colère.

– Il m'a blessé, finit-il par dire.

Pakkal baissa les yeux: du sang s'écoulait d'une plaie sur son mollet.

– N'y a-t-il pas assez de sang qui a coulé? demanda-t-il.

– Il n'y a jamais eu de guerre sans mort, objecta Zenkà, vous devez le savoir.

Nalik, angoissé, suivait la conversation avec attention.

Pakkal s'approcha de l'oreille de Zenkà et murmura:

– Si tu lui faisais mal, tu lui donnerais raison. Cela prouverait que nous ne sommes pas des alliés.

Zenkà leva sa lance au bout de ses bras et poussa un cri. Pakkal recula et tourna la tête. Il sentit le guerrier passer à côté de lui. Il osa jeter un coup d'œil à Nalik : il était toujours vivant, mais Zenkà avait planté la lance sous une de ses aisselles, dans ses vêtements. Nalik était immobilisé sur le sol. Pakkal vint l'aider à retirer la lance du sol, mais elle était plantée trop profondément.

– Poussez-vous, ordonna Frutok.

La main au bout de sa queue empoigna la lance. Il tira vers le haut pour la dégager. Il la rendit à Zenkà qui avait appliqué sur sa plaie une feuille d'arbuste.

Nalik se releva et tendit le bras vers son couteau en obsidienne. Zenkà fit tourner sa lance dans les airs et planta l'extrémité sur la poignée du couteau.

– La prochaine fois, menaça-t-il en regardant Nalik, je t'expédie à Xibalbà.

Zenkà retira sa lance. Le chef des Fourmis rouges, promptement, reprit possession de son arme avant de s'enfuir dans la Forêt rieuse.

– Ça va ? demanda le prince en observant la jambe de Zenkà.

Le guerrier de Kutilon ne répondit pas. Pakkal n'insista pas. Il valait mieux attendre que sa colère retombe. Les guerriers n'avaient pas été formés pour les sentiments et les remords.

Ils n'avaient qu'un but: éliminer l'adversaire, coûte que coûte. Zenkà avait dû se faire violence pour ne pas en finir avec Nalik.

Zenkà ficela autour de sa plaie une compresse de feuilles.

Soudain, Pakkal songea à dame Kanal-Ikal.

– Nous devons trouver ma grand-mère, dit-il.

Zenkà se releva.

– Alors, trouvons-la.

En courant, Frutok, Laya et Pakkal prirent la direction de la hutte royale. Zenkà ne pouvait marcher qu'à pas rapides en raison de sa blessure qui le faisait boiter. Il perdit progressivement ses compagnons d'arme de vue.

Pakkal fit le tour de la hutte. Il n'y avait personne et divers objets avaient été déplacés, comme s'il y avait eu une bagarre.

Lorsqu'il ressortit de la hutte, le prince informa ses compagnons de la situation et demanda:

– Où est Zipacnà?

– Avec les chauveyas, répondit Frutok.

– Nous devons le trouver, il pourra nous aider à la retracer rapidement.

– J'y vais, lança Frutok.

Zenkà arriva, s'aidant de sa lance pour marcher, comme un vieillard avec sa canne. Il remarqua le visage défait de Pakkal.

– Elle n'est pas là?

– Non.

Laya mit sa main sur l'épaule du prince et tenta de le consoler.

– Peut-être qu'ils ne l'ont pas trouvée. Peut-être qu'elle est dans la cité.

Zenkà observa le sol. Il y avait des traces de pas dans la poussière, comme si on avait traîné quelqu'un contre son gré. Zenkà suivit la trace: elle se dirigeait vers la Forêt rieuse.

– Je crois qu'ils sont partis dans cette direction, dit-il. Allons-y.

– Ne devrions-nous pas attendre Zipacnà? demanda Laya.

– Ce grand maïs cru? Nous n'avons pas besoin de lui.

Zenkà s'engouffra dans la forêt. Laya regarda Pakkal, interloquée.

– Le suivons-nous?

Pakkal haussa les épaules et emboîta le pas au guerrier.

Ils parcoururent une centaine de mètres, puis Zenkà fit signe à Laya et à Pakkal de s'arrêter.

– Quelqu'un approche, murmura-t-il. Cachons-nous.

Ils virent accourir un garçon qui semblait paniqué. Il trébuchait sur tous les obstacles qu'il rencontrait.

Zenkà se releva et pointa sa lance dans sa direction.

– D'où viens-tu? lui demanda-t-il.

Dès qu'il aperçut Zenkà, le garçon parut soulagé et se précipita vers lui.

– Doucement, dit le guerrier.

Mais le garçon était si effrayé qu'il ne l'écoutait pas. Arrivé devant lui, il se recroquevilla et se lamenta:

– Protégez-moi, je vous en prie, il faut me protéger.

Zenkà regarda la Fourmi rouge à ses pieds avec incrédulité, puis jeta un coup d'œil à Pakkal.

En voyant la Fourmi rouge apeurée à ce point, le prince de Palenque passa en revue tous les scénarios de rencontres traumatisantes qui pouvaient se produire dans la Forêt rieuse. Les périls étaient nombreux: un jaguar, un serpent ou même un ours aurait pu justifier une telle réaction. C'étaient des animaux qui pouvaient se montrer aussi brutaux qu'hypocrites. Pakkal craignit que sa grand-mère n'en ait été victime.

Le garçon gémissait toujours sur le sol, recroquevillé. Laya lui demanda:

– Que s'est-il passé?

Son affolement l'empêchait de répondre.

Zenkà regarda vers l'endroit d'où il était arrivé.

– Je vais aller voir.

– Je t'accompagne, dit Pakkal.

Laya fit un pas en avant.

– Moi aussi.

– Non, gémit le garçon en entourant la jambe de Laya, ne me laissez pas seul, je vous en prie.

Avec dédain, Laya tenta de se libérer de l'emprise de la Fourmi rouge.

– Lâche-moi! lui ordonna-t-elle.

À la troisième tentative, elle parvint à reprendre possession de sa jambe.

– Non, n'y allez pas. C'est une forcenée!

– Forcenée? fit Pakkal. De qui parle-t-il?

– C'est ce qu'on va voir, répondit Zenkà.

Pakkal eut la réponse à sa question une centaine d'enjambées plus loin. Lorsqu'il découvrit qui était la « forcenée », ses craintes se dissipèrent en un clin d'œil.

– Je m'attendais à une bête un peu plus poilue, lança Zenkà.

– Je dois avouer qu'elle peut être assez féroce quand elle s'en donne la peine, ajouta Pakkal.

Dame Kanal-Ikal était en sécurité. Un garçon était agenouillé devant elle. Elle lui pinçait une oreille, torture que Pakkal avait déjà subie, pendant qu'elle l'admonestait de verte façon.

– Tu vas t'attaquer une autre fois à une vieille dame? Dis-le-moi.

– Non, répondit d'une voix aiguë la Fourmi rouge, je ne le referai plus, c'est promis.

La grand-mère de Pakkal tourna l'oreille de quelques degrés. Le garçon grimaça de douleur.

– Je ne t'ai pas entendu. Tu sais, à mon âge, on devient dure d'oreille.

– Je ne vous attaquerai plus, c'est promis.

– Tu le jures sur la tête d'Itzamnà?

– Oui, je le jure, je le jure, maintenant, laissez-moi partir, la supplia-t-il.

Dame Kanal-Ikal relâcha enfin l'oreille. Le garçon se releva et, en voulant prendre la poudre d'escampette, chuta. Il se redressa aussitôt et prit la fuite. Aussi grand que Zenkà, il avait donc au moins trente centimètres de plus que dame Kanal-Ikal, mais cela ne semblait pas avoir freiné les élans d'autodéfense de l'aînée.

Pakkal s'approcha de sa grand-mère qui dépoussiérait sa robe.

– Grand-mère?

La vieille femme sursauta.

– Pakkal?

Dame Kanal-Ikal jeta un regard sur Zenkà et Laya.

– Que faites-vous là ?

Pakkal hésita :

– Nous sommes… euh… venus à votre rescousse.

– Ma rescousse ? Ne sois pas ridicule. Tu as vu ce que ces chenapans m'ont fait ? Ils m'ont enlevée par surprise pour essayer de me faire un mauvais parti. Croyez-moi, je leur ai fait comprendre clairement que ce n'était pas poli. Ils pensaient m'impressionner avec leur sarbacane et leurs bras musclés…

– Êtes-vous blessée ? demanda Laya.

– Moi ? Non.

La grand-mère pointa du doigt la jambe de Zenkà.

– Mais toi, jeune homme, il vaudrait mieux que l'on s'occupe de cette blessure avant qu'elle ne s'aggrave. On ne met pas des feuilles de n'importe quel arbre sur une plaie, tu ne savais pas ça ? Retire ça.

Dame Kanal-Ikal arracha quelques feuilles à une branche d'arbre.

– Allez, dit-elle à Zenkà qui n'avait pas bougé, qu'est-ce que tu attends ? Que Bak'Jul le praticien doive te couper la jambe ?

Zenkà ôta le bandage improvisé. Dame Kanal-Ikal s'accroupit devant lui. Elle mit un peu de terre sur les feuilles, cracha dessus et appuya le cataplasme sur la plaie.

– Aïe !

– Et tu trouves le moyen de te plaindre ? J'aurais aimé te voir à la place de mon défunt mari, le grand Ohl Mat, quand il s'est retrouvé avec une lance lui traversant l'épaule. Lorsqu'on la lui a enlevée, il n'a pas émis un seul son, pas un seul !

Même si dame Kanal-Ikal lui faisait mal, Zenkà fit de gros efforts pour ne pas le montrer. Lorsqu'ils prirent le chemin de la cité, il se rendit compte qu'il avait moins mal. Il remercia la grand-mère de Pakkal qui lui fit un sourire en retour. Ils croisèrent l'autre garçon, celui qui avait traité la vieille dame de forcenée. Quand il la vit, il poussa un cri et prit ses jambes à son cou.

– Lui, il a compris, fit remarquer Laya.

Arrivés devant la hutte royale, dame Kanal-Ikal maugréa qu'elle devait nettoyer les dégâts qu'avaient faits les Fourmis rouges qui l'avaient enlevée.

– Et soyez prudents, leur recommanda-t-elle avant d'entrer. Les jeunes sont si imprévisibles…

Pakkal se gratta la tête, ne sachant que dire.

– Sympathique, votre grand-mère, ironisa Zenkà. Mais j'aurais pu me passer de sa salive.

– Ne te plains pas. Depuis mon plus jeune âge, j'ai droit à ce remède miracle chaque fois que je me blesse.

– Mais où est donc Frutok? demanda Laya.

– Là-bas, il s'en vient, répondit Pakkal en le pointant du doigt, derrière elle.

– Et la grande courge, où est-elle? fit Zenkà.

Frutok répondit à sa question dès qu'il fut assez près pour se faire entendre.

– Venez avec moi, je crois qu'il y a un problème avec Zipacnà.

• ✪ •

Zenkà, Laya et Pakkal suivirent Frutok. Le prince l'interrogea:

– Un problème? Quel genre de problème?

– Tu vas voir, se contenta de répondre Frutok.

Ils marchèrent jusqu'à l'extrême sud de Palenque en longeant la rivière Otulum qui traversait la cité du nord au sud et qui, par endroits, formait une série de cascades et de bassins.

Le ciel s'était complètement obscurci et des gouttelettes de pluie tombaient. Cette partie de Palenque était brumeuse. En raison du terrain irrégulier sur lequel la cité avait été construite, ce phénomène se produisait assez souvent.

Zipacnà se trouvait derrière l'un des temples en reconstruction. Il était étendu de tout son long sur le ventre, comme s'il dormait. Une partie de sa tête baignait dans la rivière Otulum.

– Il dort ? demanda Laya.

– Non, répondit Frutok, il ne dort pas.

Le prince s'approcha de la tête de Zipacnà. De tout son corps, seule une de ses paupières frémissait.

– Que s'est-il passé ? fit Pakkal.

Frutok s'avança vers lui.

– Il aidait les maçons à trimballer des pierres pour réparer le temple et il s'est effondré.

– Nous allons voir si c'est sérieux, dit Zenkà en grimpant, non sans difficulté, sur le dos du géant.

Il prit sa lance et la planta dans une de ses fesses. Zipacnà n'eut aucune réaction, outre sa paupière droite qui s'agrandit, comme s'il avait eu mal.

Zenkà leva sa lance pour le piquer une autre fois, mais Pakkal intervint :

– Ne recommence pas ! Je crois qu'il a eu mal.

Le prince interpréta le clignement de paupière de Zipacnà comme un message.

– Je crois qu'il veut me dire quelque chose, souffla-t-il.

– Eh bien, lança Zenkà, qu'il parle, ce serait beaucoup moins compliqué !

Pakkal se mit à genoux.

– Tu veux me dire quelque chose ?

Zipacnà fit cligner sa paupière de nouveau.

– Bien. Je vais te poser des questions. Si tu clignes de l'œil une fois, cela veut dire « oui ». Deux fois, c'est « non ». Ça te va ?

Zipacnà cligna de l'œil une fois. Pakkal voulait savoir ce qui s'était passé, mais les questions qu'il allait poser devaient avoir pour réponse oui ou non, ce qui n'était pas une mince tâche.

– As-tu mal, sauf, évidemment, quand Zenkà te pique avec sa lance ?

Zipacnà ferma l'œil deux fois.

– Peux-tu bouger ?

– Non.

– Est-ce que tu as du mal à respirer ?

– Non.

– Tu es complètement paralysé ?

– Oui.

À cet instant, on cria le nom de Pakkal. C'était Laya. Elle était de l'autre côté du temple en construction.

– Viens ici, dit-elle.

Pakkal la rejoignit. À ses pieds gisaient trois maçons inertes, deux sur le dos, un sur le ventre.

– Je crois qu'ils sont morts, dit Laya.

– C'est ce qu'on va voir.

Pakkal se plaça au-dessus de l'un de ceux qui étaient sur le dos. Il bougea la tête; l'œil du maçon suivit son mouvement.

– Il n'est pas mort, il a la même chose que Zipacnà. Il faut aller chercher Bak'Jul le praticien. Il pourra peut-être nous venir en aide.

– J'y vais, proposa Laya.

Pakkal se pencha et observa le maçon.

– Ne t'inquiète pas, nous allons t'aider.

Le prince demanda à Zenkà et à Frutok de l'aider à déplacer les corps. Frutok en prit un dans ses grosses mains, tandis que Pakkal et Zenkà retournaient les autres.

Pakkal n'avait pas de mal à imaginer la panique qui avait dû s'emparer de ces hommes lorsqu'ils s'étaient rendu compte qu'ils étaient devenus prisonniers d'eux-mêmes, paralysés et ne pouvant s'exprimer que par le truchement d'une paupière.

Plus jeune, alors qu'il s'amusait à faire semblant qu'il était un soldat maya dans la Forêt rieuse, Pakkal était resté coincé dans un tronc d'arbre mort. Sur le coup, il avait souri, se trouvant ridicule. Puis il avait pris conscience qu'il ne pouvait plus bouger et que personne ne pouvait l'entendre dans cet endroit clos, même s'il s'époumonait. Il avait alors ressenti la plus terrible sensation qui puisse exister : la panique. Il avait beau déployer des efforts surhumains, impossible de se mouvoir.

Il ignorait combien de temps il était resté là. Au-delà de trente secondes, c'était déjà trop. Miraculeusement, son père l'avait retrouvé. À l'aide d'une hache munie d'une lame en silex, il avait lentement taillé l'arbre afin de libérer son fils. Lorsqu'il avait enfin pu reprendre possession de ses membres, le prince avait senti une vague de soulagement le submerger. Il venait de passer un fort mauvais moment !

Longtemps, à la suite de cet événement, Pakkal avait fait des cauchemars : il ne pouvait plus bouger ni parler. Voir Zipacnà et les trois maçons dans cet état le rendit anxieux.

Laya ramena Bak'Jul. Celui-ci hocha la tête en direction du prince puis, avec calme, examina les maçons et le géant. Il leur parla, claqua des doigts et posa sa main sur leur front. Lorsqu'il s'arrêta, il réfléchit, ce qui fit craindre le pire au prince parce que Bak'Jul avait habituellement une solution à tous les maux.

Pakkal hésita, puis demanda :

– Alors ?

Bak'Jul sortit de son silence :

– Eh bien, c'est comme le feu bleu, prince Pakkal ! Je n'ai jamais vu ce genre de phénomène.

– Que doit-on faire alors ?

Bak'Jul, incrédule, souleva les épaules.

– Nous devons continuer à les alimenter, à leur donner de l'eau. Peut-être est-ce passager. Avec tous vos problèmes insolubles, prince Pakkal, vous me donnez des complexes. Ce n'est jamais simple avec vous.

À ce moment, un bruit d'étouffement se fit entendre. Pakkal se retourna et vit que Zenkà, au bord de la rivière Otulum, avait du mal à marcher et que son visage était crispé. Le jeune guerrier tendit la main, fit un pas, puis s'effondra dans l'eau.

– Jamais simple, souffla Bak'Jul.

C'était une véritable épidémie.

Les nouvelles paralysies se multipliaient à un rythme inquiétant. La mystérieuse maladie attaquait sans discrimination : les enfants, les adultes, les agriculteurs comme les fonctionnaires.

Palenque ressemblait à un champ de bataille : il y avait des corps inertes partout. Sauf qu'il y avait encore de la vie dans ces corps.

Il fut décidé d'amener tous les corps au milieu du triangle que formaient les temples de l'Arbre cosmique, de l'Arbre feuillu et du Soleil, un lieu appelé Groupe de l'Arbre. C'était à cet endroit, notamment, que le grand prêtre Zine'Kwan méditait autrefois lorsqu'il avait des doutes. Il affirmait que c'était là que la symbiose entre les trois mondes était la meilleure et qu'il parvenait à trouver l'équilibre nécessaire pour penser et trouver des solutions aux problèmes. Zine'Kwan affirmait que c'était le seul endroit au monde où il arrivait à un degré parfait de lucidité. Pakkal ne comprenait rien à ce qu'il disait.

On se servait également de cet endroit pour tenter de « guérir » les citoyens de Palenque qui étaient atteints de maladies se traduisant par des comportements étranges et dont on ne connaissait pas le remède, comme parler seul ou s'effondrer sur le sol, victime de convulsions. La raison d'être du Groupe de l'Arbre n'étant pas claire et simple, il était auréolé d'une aura de mystère.

Le temple de l'Arbre cosmique représentait l'endroit où le monde des hommes était né. Il s'agissait du plus haut des trois temples.

Le temple du Soleil avait été érigé en l'honneur de Hunahpù qui, à la fin de chaque journée, pénétrait dans le Monde inférieur pour mieux renaître le matin.

Enfin, le temple de l'Arbre feuillu était dédié aux dieux bienveillants qui vivaient dans le Monde supérieur.

Une loi non écrite interdisait formellement aux citoyens de Palenque de se trouver à cet endroit sans la permission du grand prêtre.

Lorsque sa grand-mère, dame Kanal-Ikal, avait surpris Pakkal tout près de ce lieu, elle l'avait sermonné :

– Combien de fois on t'a dit que tu ne devais pas venir ici, K'inich Janaab ? Si Zine'Kwan te surprend, ce sera encore ta mère qui devra se justifier. Tu comprends ?

Pakkal lui avait affirmé qu'il avait saisi et avait juré de ne plus recommencer.

Le soir même, alors que la hutte royale était endormie, le garçon s'était levé, avait libéré Loraz de sa cage, l'avait mise sur mon épaule et était sorti par la fenêtre pour se diriger vers le Groupe de l'Arbre. Xbalanqué était pleine, ce qui avait permis à Pakkal de se diriger dans Palenque sans trop de problème, malgré l'obscurité. Son cœur battait la chamade. Il craignait davantage une rencontre avec Zine'Kwan qu'avec un jaguar.

Pakkal n'avait fait aucune rencontre en se rendant au Groupe de l'Arbre. Au moment d'y entrer, il avait hésité, puis s'était lancé.

Avant de mettre le pied sur le *tunich*[1] couvert de glyphes, situé en plein centre du lieu, il avait tourné autour. Jamais il n'avait pu le voir de si près. Aucun des glyphes qui y apparaissaient ne lui rappelait quelque chose. Pour lui, c'était parfaitement illisible.

Avec précaution, il avait mis un pied sur la pierre. Rien. Il avait regardé autour de lui: personne à l'horizon. Il avait posé Loraz sur le sol et, en retenant son souffle, les paupières fermées, avait sauté sur le *tunich*.

Lorsqu'il avait rouvert les yeux, il avait été à la fois soulagé et déçu; il avait regardé de tous bords tous côtés, mais rien n'avait changé.

– Je m'attendais à plus, avait-il dit à Loraz.

Pakkal s'était mis à bondir à pieds joints sur la pierre dans l'espoir de provoquer un événement. Rien. Il avait poussé un soupir, puis levé la tête pour regarder les étoiles.

C'est alors qu'il avait senti une vibration sous ses pieds. Timide au début, puis de plus en plus vive. Il avait l'impression que ses pieds

1. Rocher, en maya.

étaient engourdis. Ce n'était pas vraiment désagréable ; il avait cependant trouvé cela moins drôle lorsqu'il avait constaté que ses pieds étaient collés au *tunich*.

Tout à coup, Pakkal avait eu la sensation que son esprit était vide, comme si l'on venait de passer son cerveau à grande eau pour le nettoyer. Il sentait sa tête légère comme la feuille tombée d'un arbre qui se laisse trimballer par les courants d'air. Il avait fermé les yeux et l'image de son père lui était apparue. Son visage n'affichait pas la moindre expression. Puis, comme s'il reculait, il s'était aperçu que son père était placé sur le *tunich* et que deux soldats le tenaient. Il avait vu les mêmes soldats le battre. Un autre soldat s'était interposé ; c'était Kinam, le garde royal. Il tentait d'empêcher ses camarades de faire du mal au père de Pakkal. Celui-ci, avec ses bras, tentait de protéger sa tête.

Sans avertissement, les vibrations avaient cessé et Pakkal avait rouvert les yeux. C'était comme s'il venait d'assister à la scène. Sa poitrine était oppressée et les battements de son cœur résonnaient dans tout son corps. Nauséeux, il s'était couché sur le sol. Alors qu'il tentait de récupérer, Loraz avait grimpé sur lui, comme si elle comprenait qu'il avait besoin de réconfort. Pakkal avait posé sa main dessus.

Que s'était-il donc passé? À quel événement venait-il d'assister? Est-ce que cela s'était déjà produit ou n'était-ce que le fruit de son imagination? Où était donc son père? Pakkal, même si la tentation d'en parler était forte, avait décidé de garder pour lui ce qui venait de se passer. Il s'était dit qu'il aurait dû écouter sa grand-mère. Il méritait ce qui lui était arrivé.

***

On avait appelé à la rescousse Kalinox, le vieux scribe, Bak'Jul étant impuissant devant cette épidémie. C'était Kalinox qui avait eu l'idée de transporter les paralysés au milieu du Groupe de l'Arbre. Des soldats de l'armée de Palenque avaient été appelés en renfort pour transporter les corps.

– Je suis assez occupé avec les codex de Xibalbà, avait grogné le vieux scribe, je n'avais pas besoin de ça. Que s'est-il passé?

– Je l'ignore, avait avoué Pakkal.

Les choses ne s'amélioraient pas. Les victimes s'accumulaient et, bientôt, il n'y eut plus assez de place au milieu du Groupe de l'Arbre.

Alors que le vieux scribe circulait entre les corps, la mine pensive, Pakkal déposa doucement le corps qu'il transportait avec Laya et alla le rejoindre.

– Il n'y a rien dans vos codex qui pourraient nous venir en aide ? demanda-t-il.

Pakkal entendit alors crier son nom.

– Prince Pakkal, maître Kalinox, j'ai trouvé ! J'ai trouvé !

Pak'Zil, l'apprenti scribe, courait dans leur direction, brandissant une liasse de papier d'écorce. Il sautait de joie.

– Que se passe-t-il donc, mon jeune élève ? demanda Kalinox.

– Je… J'ai… Je crois que…, bafouilla Pak'Zil.

Pakkal lui empoigna le bras.

– Tu as trouvé la solution ?

– Non !

Le jeune scribe était essoufflé. Il se pencha et mit ses mains sur ses genoux. Kalinox s'empara des feuilles de papier d'écorce.

– Qu'y a-t-il, jeune homme ? À mon âge, l'expectative n'est pas recommandée.

Les yeux de Kalinox parcoururent les feuilles et s'arrêtèrent. Il regarda Pak'Zil.

– Tu es sûr de ce que tu avances ?

Pak'Zil tentait toujours de récupérer son souffle.

– Sûr… et certain.

– Que se passe-t-il ?

Kalinox remit les feuilles à Pakkal. Le prince n'y comprenait rien ; il avait des dizaines de glyphes devant lui, dont certains, raturés, ne lui disaient rien.

– Je ne comprends pas, souffla-t-il.

Kalinox regarda Pak'Zil :

– Je te laisse dévoiler ta découverte, cher élève. Tu le mérites amplement.

Le prince s'impatienta :

– Alors ?

Pak'Zil se redressa et bomba le torse.

– J'ai découvert dans les codex de Xibalbà à quoi servait véritablement la lance de Buluc Chabtan.

– Vraiment ?

Ce fut alors que Pak'Zil reçut un projectile sur le front.

– Aïe !

Il porta la main à son visage et, lorsqu'il la retira, il constata qu'il saignait.

Pakkal se pencha et ramassa le projectile : c'était une pierre. Elle provenait de la Forêt rieuse.

– Ce doit être un de ces maudits singes hurleurs, dit Pak'Zil.

Il arrivait effectivement à ces animaux de faire des mauvais coups, de voler de la nourriture ou de subtiliser des vêtements par exemple, mais Pakkal doutait qu'un singe puisse lancer une pierre.

Une autre pierre atterrit aux pieds de Kalinox. Elle provenait de la direction contraire.

– Je ne crois pas, déclara Pakkal. Une fois, c'est rare. Deux fois, je n'ai jamais entendu parler de cela.

Le prince vit alors des citoyens de Palenque sortir de la Forêt rieuse et se diriger vers eux. Ils avançaient d'un pas décidé et semblaient en colère. Ils avaient tous à la main un objet qu'ils brandissaient: une lance, un bâton ou un instrument de jardinage.

Pak'Zil fit un pas en arrière.

– C'est à nous qu'ils en veulent?

– Non, fit Pakkal. Je crois que c'est à moi.

– D'autres s'en viennent, le prévint Kalinox.

Pakkal tourna la tête. Une dizaine de citoyens de Palenque progressaient vers le Groupe de l'Arbre, aussi furieux que les autres.

Lorsqu'il se sentit cerné, le prince songea à fuir, mais se ravisa: cette attitude n'était pas digne d'un membre de la famille royale. En fait, les citoyens rencontraient rarement les gens de la famille royale ; lorsqu'il y avait des différends, c'étaient plutôt les fonctionnaires qui les réglaient et qui, au besoin, en faisaient part à la reine. Pakkal sentait qu'il était de son devoir d'écouter les griefs des habitants de Palenque. Filer n'arrangerait rien. Par ailleurs, sa mère lui avait toujours dit que la meilleure manière de régler les problèmes était de les affronter.

Les citoyens formèrent un cercle autour de Kalinox, de Pak'Zil et de Pakkal. L'un d'eux se détacha du groupe.

– Prince Pakkal, nous croyons qu'il est temps de mettre fin au règne de votre famille.

Les citoyens mécontents exprimèrent leur approbation.

– Depuis que votre mère a pris la destinée de Palenque entre ses mains, rien ne va. Le grand prêtre Zine'Kwan arrivait à calmer la colère des dieux, mais depuis qu'il n'est plus là, la cité est frappée par le mauvais sort. Vous avez six orteils à chaque pied et on raconte que vous pouvez faire de la sorcellerie, que vous venez du Monde inférieur. Et ces êtres qui sont dans la cité, le monstre à trois mains, la chauve-souris géante…

Qu'aurait fait dame Zac-Kuk dans cette situation ? Ou Ohl Mat, son grand-père ? Un mot vint à l'esprit de Pakkal : rassurer.

Il s'avança, ce qui rendit ses opposants nerveux.

– Je comprends votre angoisse, dit-il. Les forces de Xibalbà ont envahi notre monde. Elles veulent détruire la Quatrième Création et cela ne se fait pas sans heurt.

Des cris fusèrent :

– À mort, le prince !

– À mort !

Pakkal leva les mains pour calmer les esprits.

– Nous ne devons pas céder à la panique, chers concitoyens. J'arriverai à rétablir l'ordre à Palenque.

Un des contestataires eut des convulsions, tomba à genoux et, avant que son visage ne vienne heurter durement le sol, on parvint à l'attraper.

– Et que pouvez-vous faire contre ça ? demanda le porte-parole en pointant du doigt son camarade paralysé.

Kinam, le gardien royal, perça le cercle des citoyens. Après avoir été atteint par le feu bleu de Buluc Chabtan, les détails de son visage s'étaient brouillés, comme s'ils avaient fondu. Cela lui donnait un air troublant.

Il leva sa lance.

– Dispersez-vous, ordonna-t-il en fusillant du regard les gens qui entouraient Pakkal. Le prince n'a pas à subir vos frustrations. Il n'a rien à voir avec ce qui se passe.

Kinam avait pris la place de Ka Tril, chef de l'armée de Palenque, dont on avait perdu la trace lorsque Ah Puch et ses sbires avaient assiégé Palenque.

Les citoyens mécontents se rapprochèrent de Pakkal. Kinam siffla; les soldats de Palenque cessèrent leurs activités et les encerclèrent, leur lance acérée pointant dans leur direction.

– C'est un envoyé du Monde inférieur, grogna un citoyen. Il doit mourir!

– J'arriverai à sauver Palenque, assura le jeune prince.

Pakkal vit un homme lui lancer une pierre. Il se protégea la tête au dernier instant.

Kinam siffla deux fois de suite: c'était le signe que les soldats attendaient pour charger.

Pakkal cria aux soldats de ne pas attaquer, mais il était trop tard.

– Annulez votre ordre, dit-il à Kinam.

– Vous êtes en danger, prince Pakkal, je ne peux pas permettre à des citoyens de vous menacer.

– Ils sont trop nombreux, vos soldats n'arriveront pas à les contenir.

Kinam savait que les insurgés étaient plus nombreux que les soldats qu'il avait à sa disposition, mais il ne s'était pas attendu à une si grande résistance. En moins d'une minute, les soldats et Kinam furent maîtrisés. On repoussa Pak'Zil et Kalinox, puis on s'empara de Pakkal.

– Lâchez notre prince ! cria Pak'Zil.

Un homme, armé d'une hachette, jeta un regard mauvais au jeune scribe. Kalinox lui mit une main sur l'épaule.

– N'envenime pas la situation, lui souffla-t-il.

On traîna le prince, les mains derrière le dos, hors du Groupe de l'Arbre.

– Me tuer ne vous mènera nulle part, assura Pakkal.

– C'est ce qu'on va voir, répondit l'un de ceux qui le tenaient.

Pakkal vit la princesse Laya s'approcher. Elle se planta devant eux en croisant les bras pour les empêcher d'avancer.

– Que faites-vous là ? demanda-t-elle.

– Ne te mêle pas de cette histoire, lui lança Pakkal.

– Tu as vu comment ils te traitent ?

Puis, à leur endroit :

– C'est le prince. Vous n'avez pas le droit d'agir de cette manière avec lui.

– Pour le bien de Palenque, il mérite la mort. Pousse-toi, lui ordonna un des hommes.

– Pousse-*moi* ! répliqua Laya.

– Laisse tomber, insista Pakkal, je peux m'en sortir tout seul.

– Seul ? Tu as vu dans quelle position tu es ? Vas-y, montre-moi ce que tu peux faire.

– Je dois discuter avant, Laya.

– Discuter ? De quoi ? Ils veulent te tuer ! Il y a des moments où il faut agir !

Laya flanqua un coup de pied sur le mollet de l'un des hommes qui se mit à hurler. Elle asséna un second coup à un autre, mais cette fois entre les deux jambes, ce qui le fit plier en deux.

En quelques secondes, Laya et Pakkal furent entourés par des citoyens en colère.

– Merci, Laya, c'était bien joué, lui souffla le prince.

Le cercle se refermait sur eux. Le prince sentit que, s'il n'agissait pas, Laya et lui seraient tabassés sur place. Il se rendit compte que ces gens avaient complètement perdu la raison, submergés qu'ils étaient par leur fureur.

– Fais quelque chose, lui cria Laya.

Pakkal serra les poings. Lorsque les hommes furent à quelques centimètres d'eux, des guêpes les assaillirent. Laya fit des gestes brusques pour chasser celles qui tournaient autour d'elle.

– Ne bouge pas, lui murmura Pakkal. Fais-moi confiance, elles ne te feront aucun mal.

Les guêpes se firent de plus en plus nombreuses. Un mur d'insectes devant Pakkal l'empêchait de voir plus loin que le bout de son nez.

Le prince avait ordonné aux guêpes de ne piquer personne, juste d'embêter ses assaillants. La tactique semblait efficace : les citoyens en colère se dispersèrent en prenant leurs jambes à leur cou.

Pakkal fit s'élever les guêpes dans le ciel. Il prit Laya par la main.

– Viens, nous n'avons pas de temps à perdre.

Kinam aidait ses soldats à se relever. Ils paraissaient sonnés, mais pas blessés. En passant devant le chef de l'armée, le prince lui lança :

– Ordonnez à vos soldats de rassembler tous les fonctionnaires et de les amener au temple royal. Les insurgés ne tarderont pas à répliquer. Et ma grand-mère, ne l'oubliez pas!

Kinam fit un signe de tête.

Le prince savait que, à défaut de pouvoir s'en prendre à lui, les citoyens mécontents allaient attaquer les individus les plus proches de la monarchie, c'est-à-dire les fonctionnaires, entre autres. Sans fonctionnaires, Palenque était vouée au chaos.

Ce fut à regret que Pakkal dut laisser les paralysés à leur sort. Son intervention avec les guêpes, quoique indispensable à sa survie, n'avait fait qu'aggraver la situation. Cela allait conforter les gens de la ville dans l'opinion qu'ils avaient de lui: il n'était qu'un espion à la solde de Xibalbà, qui attirait le malheur de surcroît.

Première étape de sa réhabilitation auprès des citoyens de Palenque: il devait trouver un moyen de guérir les paralytiques. Mais, avant tout, il devait trouver la source du problème.

Il fit signe à Pak'Zil et à Kalinox de le suivre. Le temple royal n'était situé qu'à cent cinquante mètres à l'ouest du Groupe de l'Arbre, une course que Pakkal était capable de faire, en contournant tous les obstacles, en moins de trente secondes. Mais il devait prendre soin de ses amis et de Kalinox, tout particulièrement, qui marchait lentement.

Arrivés au pied du temple, ils reçurent une pluie de projectiles : des cailloux, des épis de maïs et même des sandales.

– Ils sont désespérés, dit Kalinox en entreprenant de monter les marches.

– Ne vous retournez pas et montez ! conseilla Pakkal.

– Aïe ! fit Pak'Zil qui venait de recevoir un caillou sur une fesse.

L'attaque était nourrie. Pakkal doutait qu'ils puissent arriver à se mettre à l'abri sans blessure.

– Continuez à monter, lança-t-il avant de s'arrêter et de se tourner.

Il y avait trente marches à monter, Pakkal le savait pour les avoir grimpées des centaines de fois à la course, pour s'amuser.

Combien y avait-il de citoyens en colère ? Le prince n'aurait pu le dire, mais ils étaient assurément nombreux. Au moins une centaine. Et ils fonçaient vers le temple.

Pakkal reçut un projectile sur le mollet. Il ignora la douleur et demanda aux guêpes de former un rempart contre les attaques. Les insectes se rassemblèrent en un mur qui fit rebondir les projectiles. Lorsqu'ils s'en rendirent compte, ses poursuivants stoppèrent leur assaut.

Le prince alla rejoindre Laya, Pak'Zil et Kalinox qui avaient presque atteint leur but.

Le vieux scribe était essoufflé. Le prince remplaça Laya pour soutenir son bras.

– Nous pouvons prendre notre temps, maintenant. Nous sommes protégés.

En arrivant au sommet, les quatre compagnons firent face à Siktok le lilliterreux qui, vraisemblablement, venait de se réveiller. Il se frottait les yeux, ce qui faisait tomber de la poussière.

Il jeta un coup d'œil aux insurgés au pied du temple royal et demanda :

– Qu'est-ze qui ze pazze ? Est-ze que zé manqué quelque chose ?

• ۞ •

Alors que les soldats escortaient les fonctionnaires jusqu'au temple royal, Pakkal leur ménagea une brèche dans le mur de guêpes. Depuis que les forces de Xibalbà avaient quitté la cité, il avait acquis une meilleure maîtrise de son don de contrôler les insectes. Il pouvait désormais les faire rester au même endroit sans continuellement se concentrer sur eux. Pour ce faire, il lui suffisait de leur ordonner de garder telle ou telle position jusqu'à ce qu'il en décide autrement.

– Je crois qu'ils sont tous ici, lui dit Kinam. Une fois que mes soldats auront trouvé dame Kanal-Ikal, je leur ordonnerai de monter la garde.

– Merci, Kinam, répondit Pakkal. Mais je ne crois pas que vos soldats soient assez nombreux, je préfère maintenir le rempart de guêpes. Dites-leur plutôt de se reposer, ils le méritent.

Kinam fit un signe de tête à Pakkal et s'éloigna.

Pakkal pensait que le temple royal constituait un bon refuge temporaire. Mais il n'avait pas été conçu à cet effet ; bientôt, il y aurait une pénurie de nourriture et des problèmes de salubrité. Le prince allait devoir songer à une autre solution. La seule qui lui venait à l'esprit était de rétablir les ponts avec les citoyens.

Pakkal s'assura que Kalinox allait bien. Le vieux scribe se trouvait dans la pièce attenante à la salle principale. Pak'Zil et Laya prenaient soin de lui.

– Ne t'inquiète pas, petit homme, lui dit le vieillard, je suis simplement épuisé. J'ai combattu auprès de ton grand-père contre Calakmul, j'ai déjà vu pire.

– Je vais rester avec lui, lança Laya.

Avant de sortir, Pakkal remarqua, dans un coin de la pièce, la lance de Buluc Chabtan. Il l'empoigna.

– Je sais pourquoi Buluc Chabtan y tient tant, déclara Pak'Zil.

– Ah oui ? demanda Pakkal. Pourquoi donc ?

– Parce qu'elle…

– Prince Pakkal !

C'était la voix de Kinam. Pakkal sortit de la pièce.

– Qu'y a-t-il ?

– Je crois qu'un de vos amis approche.

Pakkal regarda Kinam, des points d'interrogation dans les yeux.

– Un ami ?

Il alla rejoindre Kinam qui était sur le plateau surplombant les marches du temple royal. Le nouveau chef de l'armée de Palenque pointa du doigt une créature étrange.

– Là-bas. Ils s'en prennent à lui. Vous voyez ?

C'était Frutok.

– Vous désirez que j'envoie des soldats pour lui venir en aide ?

Le hak se débrouillait très bien seul. Avec sa queue pourvue d'un poing, il arrivait à balayer ceux qui tentaient de l'agresser. Et si l'un d'eux arrivait à éviter sa queue, ses grosses mains s'en occupaient. Il n'en ratait pas un, ses nombreux yeux lui permettant de voir de tous les côtés.

– Il n'a pas besoin d'aide, assura Pakkal.

Au pied du temple royal, le prince créa une porte dans le mur de guêpes. Avant d'entrer, Frutok se débarrassa d'un citoyen agrippé à son dos.

– Tu fais une fête et je ne suis pas invité? demanda-t-il à Pakkal, une fois les trente marches escaladées.

– Oui. Tu n'as pas reçu l'invitation?

Les fonctionnaires étaient réunis dans la salle principale. En voyant Frutok s'avancer, ils affichèrent un air suspicieux. Le hak se laissa tomber lourdement dans un coin.

– Qu'est-ce qu'il y a? demanda-t-il aux fonctionnaires qui l'observaient.

Il leur fit une grimace: sa langue était verte et en forme de cœur. Les fonctionnaires tournèrent la tête.

Certains chuchotaient entre eux en regardant Pakkal du coin de l'œil. Ce dernier les sentait inquiets. Il devait court-circuiter toute fausse rumeur ou supposition qui risquait d'envenimer la situation. Avec l'ongle de son pouce, le prince grattait les glyphes sur la lance.

Il devait provoquer les choses. Il décida de prendre la parole. Il monta sur le trône et réclama l'attention:

– Chers alliés…

Les fonctionnaires se turent immédiatement, comme s'ils ne s'attendaient pas à ce qu'on les interrompe.

– Je vous ai réunis parce que j'ai besoin de votre aide. Vous êtes le cœur de la cité et, sans vous, Palenque serait démunie. Je sais que nous vivons tous des moments difficiles. Le Monde inférieur a provoqué bien des émois et, actuellement, nous devons faire face à un mal inconnu.

Il y eut des murmures.

– Itzamnà lui-même m'a confirmé que, pour combattre l'invasion de Xibalbà, il me fallait créer l'Armée des dons. Frutok le hak, entre autres, un des défenseurs de l'Arbre cosmique, en fait partie.

Gêné, Frutok leva une de ses grosses mains.

– Siktok le lilliterreux aussi.

Pakkal le chercha dans l'assistance.

– Siktok, où es-tu ?

– Izi, prinze Pakkal.

Il se faufila entre les jambes d'un fonctionnaire surpris.

– Ils ne sont pas comme nous, mais ils sont nos amis. Je vous prie de me croire.

– Voulez-vous être mes amis ? demanda Frutok avec ironie, en levant ses seize yeux au plafond.

Le prince poursuivit :

– Il y a une raison pour laquelle certains deviennent paralysés et d'autres non. Il faut trouver le dénominateur commun entre eux. Il y a…

Pakkal fut interrompu par un gloussement. Un des fonctionnaires se raidit et, comme un arbre que l'on vient d'abattre, chuta. Deux de ses camarades le rattrapèrent avant qu'il ne touche le sol.

– Quel est son nom ? demanda Pakkal.

– Imuxan, répondit l'un de ceux qui le tenaient.

– Est-ce que quelqu'un était à ses côtés depuis ce matin ? Il faut comprendre pourquoi il est touché et pas nous.

Personne ne put répondre à la question de Pakkal. Il semblait qu'Imuxan avait passé la matinée chez lui, avec sa femme et ses enfants. Puis les soldats de Kinam étaient venus le chercher.

– Depuis hier, dit Pakkal, il s'est passé quelque chose qui a…

Ses yeux s'ouvrirent tout grands. Il venait de trouver.

– Les chauveyas… Il y avait des chauveyas dans la cité ce matin !

Le prince se tourna vers le lilliterreux.

– Siktok ? J'ai besoin de ton aide.

•✪•

Siktok dévala les marches du temple royal. Arrivé en bas, il disparut dans un nuage de poussière comme s'il était aspiré par le sol. Le lilliterreux pouvait se transformer en tornade, mais aussi se fondre à la terre du sol pour se déplacer.

Le prince s'était souvenu de l'épisode des chauveyas du matin. Sans doute existait-il un lien entre eux et les événements de la journée. Tout près de l'une des chauves-souris géantes, Pakkal avait remarqué les morceaux d'une poterie fracassée. C'étaient ces morceaux qu'il avait demandé à Siktok d'aller récupérer.

Le lilliterreux revint quelques minutes plus tard, cette fois sous la forme d'une tornade. Les citoyens s'éloignèrent, apeurés.

En regardant le lilliterreux tout en vents s'approcher du temple royal, le prince se dit que, s'il avait été à la place d'un citoyen, lui aussi aurait cru qu'il se passait quelque chose d'anormal dans les hautes sphères de la société.

Pakkal laissa entrer Siktok en ouvrant une brèche dans le mur que formaient les guêpes.

Le lilliterreux déposa les morceaux de la poterie qu'il était allé chercher et fonça dans la salle principale, laissant une trace de poussière sur le sol.

– De l'eau ! Ze veux de l'eau !

Il fit entrer sa tête dans un pot. Lorsqu'il se rendit compte qu'il était vide, il tenta de retirer sa tête, mais il n'y arriva pas. Il se redressa avec le pot sur la tête, avançant à tâtons.

Le rire qui éclata chez les fonctionnaires soulagea Pakkal. Les bouffonneries de Siktok avaient manifestement fait baisser d'un cran la tension qui régnait dans la pièce.

– Viens ici, petit crétin, dit Frutok.

Avec la main de sa queue, il s'empara du pot et le souleva. Siktok resta coincé. Frutok secoua un peu sa main, mais cela ne donna aucun résultat : le lilliterreux était toujours prisonnier du pot.

Frutok agita le pot plus vigoureusement. Siktok fut alors projeté à l'autre bout de la pièce et termina son vol plané contre le mur, dans un nuage de poussière.

– De l'eau ! Ze veux de l'eau !

Obsédé, il poursuivit frénétiquement sa recherche jusqu'à ce qu'il trouve un vase rempli d'eau.

Pakkal ramassa les morceaux de la poterie que Siktok avait rapportés et les mit sur une table en pierre qui servait, habituellement, à déposer des offrandes faites à dame Zac-Kuk.

Pak'Zil s'approcha tandis que les fonctionnaires en faisaient autant pour former un cercle autour de la table. Le prince rassembla les cinq morceaux et tenta de redonner au pot sa forme d'origine. Après quelques essais, il parvint à le reconstituer.

– Tu peux lire les glyphes qui y sont inscrits ? demanda-t-il à Pak'Zil.

– Sûrement. Laissez-moi les regarder. Au moins, il n'y a pas de risque que je casse la poterie.

Dans la salle, un soupir. Le fonctionnaire à la droite de Pakkal posa ses mains sur la table, ouvrit toutes grandes ses paupières. Avant qu'il ne s'écroule, Pakkal le soutint. Puis, aidé d'un autre fonctionnaire, il l'allongea sur le sol.

Alors qu'il observait le nouveau paralysé, sa mâchoire se raidit.

– Quelqu'un sait-il ce que cet homme a fait ce matin ?

– Nous avons pêché ensemble.

Un fonctionnaire de petite taille et trapu s'avança.

Pakkal se redressa.

– Où ?

– Dans la rivière Otulum.

– C'est tout ?

– Oui. Vos soldats nous ont appelés et nous sommes venus ici.

Le prince revint à Pak'Zil.

– Alors ?

– Alors, c'est une poterie tout ce qu'il y a de plus normal. Elle représente des cultivateurs et Ah Mun, le dieu du Maïs.

Pak'Zil, avec son index, frotta un des glyphes.

– Qu'y a-t-il? lui demanda son ami, impatient.

– Il n'y a que ce glyphe que je n'arrive pas à déchiffrer.

Il semblait à Pakkal qu'il s'agissait d'un coquillage collé à une tête de chauve-souris. Il avait déjà vu ce dessin.

– Je crois que je vais devoir demander à maître Kalinox, déclara Pak'Zil.

Le vieux scribe apparut quelques minutes plus tard, soutenu par Laya et Pak'Zil.

– Voilà la poterie, dit ce dernier. J'ai lu qu'elle rendait hommage à Ah Mun. Mais il y a un glyphe que je n'arrive pas à interpréter. Celui-ci.

Pak'Zil le pointa du doigt.

Dès que Kalinox posa son regard dessus, un timide sourire apparut sur son visage.

– Où avez-vous trouvé cette poterie? demanda-t-il.

– Ici, à Palenque, répondit Pakkal.

– Ce n'est pas une poterie qui vient d'ici. Le glyphe qui est devant moi me rappelle de bien mauvais souvenirs.

Le prince finit par le reconnaître :

– C'est le glyphe qui représente Calakmul.

– Tu as raison, Pakkal, approuva Kalinox. C'est bel et bien cela.

Calakmul réveillait de terribles souvenirs chez le jeune garçon. Son grand-père y était mort. Il fit le lien avec ce que Katan lui avait dit à propos des chauveyas qui étaient arrivés le matin : avant d'être transformés en chauves-souris géantes, ils faisaient partie de la puissante armée de Calakmul. Mais qu'étaient-ils venus faire à Palenque avec un pot ? Sûrement pas un présent.

« La véritable question est de savoir ce que contenait ce pot », songea Pakkal.

Il prit le morceau du fond et l'observa de plus près. Il passa son doigt dessus ; une trace rouge resta sur son doigt, qu'il montra à Kalinox.

– Une idée de ce que cela pourrait être ?

Kalinox scruta le bout du doigt de Pakkal.

– Non. Cela ressemble à la substance que l'on utilise pour enduire les murs des temples de la cité.

Kalinox porta son doigt à son nez.

– Étrange… ça sent le *ka-ka-wa*.

– Vraiment ? demanda Pak'Zil.

Il fit glisser son doigt sur un morceau de la poterie et le sentit.

– Vous avez raison, ça sent le *ka-ka-wa*.

Lorsqu'il vit Pak'Zil mettre son doigt recouvert de la substance dans sa bouche, Pakkal tenta d'intervenir, mais il était trop tard.

• ✪ •

La réaction fut instantanée: Pak'Zil fut secoué par un choc, puis resta pétrifié. Pakkal le soutint au dernier instant.

– Ouf... venez m'aider, il est lourd!

Deux fonctionnaires prirent la place du prince.

– Trop gourmand, ce jeune homme, affirma Kalinox en secouant la tête.

– Si nous avions des doutes, ils sont maintenant dissipés: ce sont les chauveyas qui ont apporté le mal à Palenque. Reste à savoir comment ils s'y sont pris.

– Par la nourriture, fit Kalinox. Il faut ingurgiter la substance pour qu'elle fasse effet.

– Peut-être... Zenkà est touché. Zipacnà aussi. Je doute qu'ils aient mangé la même chose.

Pakkal se sentait tout près du but.

– Ingurgiter, dit-il. Manger, mais aussi... boire! Je crois qu'ils ont bu la même eau.

Kalinox était sceptique.

– Quelle eau? Il aurait fallu que les chauveyas passent de pot en pot, dans chaque hutte...

Le prince venait de mettre le doigt sur la solution.

– Non, les chauveyas ont versé leur substance dans la rivière Otulum. Lorsqu'on a retrouvé Zipacnà, une partie de sa tête trempait dedans. Zenkà s'est désaltéré en buvant cette eau. Les maçons qui réparaient le temple situé à proximité de la rivière sont paralysés aussi.

Pakkal pointa du doigt un des fonctionnaires qui était couché sur le sol, atteint par le mystérieux mal.

– Il a pêché dans la rivière Otulum.

Pakkal se tourna vers le petit fonctionnaire avec qui il avait pêché le matin.

– Sais-tu s'il a bu de l'eau provenant de la rivière Otulum, ce matin?

Le fonctionnaire opina du chef.

– Oui, il en a bu.

– Et toi? En as-tu bu?

– Je ne me rappelle pas en avoir pris.

Kalinox se frotta le menton.

– La rivière Otulum est la principale source d'approvisionnement en eau de la cité. Elle n'a pas été choisie par hasard.

– Vous avez raison, maître. Ah Puch savait où frapper pour que cela fasse mal.

Pakkal se retourna prestement et se dirigea vers le balcon.

– Il faut prévenir les citoyens.

Au balcon, il fut frappé par le nombre de gens qui faisaient le pied de grue devant le temple royal. Leur nombre avait triplé depuis que Siktok était revenu avec les morceaux de poterie.

Certains tentaient, à l'aide de divers objets, de percer le rempart de guêpes. Pakkal espéra que les insectes allaient tenir le coup. Pour l'instant, ils se défendaient bien, mais pour combien de temps ? Si les insurgés arrivaient à venir à bout des guêpes, c'en était fait du temple royal.

Le prince leva les mains au ciel.

– Citoyens de Palenque…

Une rumeur s'éleva, Pakkal haussa la voix.

– Citoyens de Palenque, répéta-t-il, nous avons trouvé la source du mal qui afflige la cité.

– Le mal, c'est votre famille, beugla un homme.

Il y eut des rires et des cris d'approbation.

Pakkal décida de faire vite.

– L'eau de la rivière Otulum a été contaminée par Xibalbà. En aucun cas, vous ne devez la boire.

L'affirmation du prince décontenança les citoyens, et pour cause: en raison de sa position, une très grande partie de la population se ravitaillait à même cette rivière. Et c'était sans compter tous les aqueducs qui passaient dans la ville et dont elle était la source.

– Nous allons trouver une solution, poursuivit Pakkal.

La stupéfaction fit place à la colère. Des objets furent lancés, mais tous rebondirent sur les guêpes. Pour ne pas passer pour arrogant, le prince se retira. Pour l'instant, il ne pouvait rien faire de plus.

Une solution… Pakkal devait en trouver une. Et rapidement. Il s'approcha de Kalinox.

– Vous avez une idée de ce qu'il faudrait faire?

– Non.

– Et les codex de Xibalbà? Vous croyez qu'ils pourraient nous venir en aide?

Kalinox sentait le désarroi de Pakkal. Il doutait qu'il allait pouvoir trouver rapidement la recette miracle dans les codex de Xibalbà, d'autant plus que son ox, langue dans laquelle ils avaient été rédigés, s'était appauvri avec le temps.

– Peut-être, mais je doute que…

– Il faut essayer, coupa Pakkal. Où sont-ils, actuellement ?

– Dans ma hutte.

– Alors, il faut les oublier, répondit nerveusement le prince. Jamais nous ne pourrons sortir d'ici.

– Pas nous, dit Kalinox, mais je connais quelqu'un qui pourrait nous donner un coup de main.

Pakkal leva un sourcil en signe d'interrogation.

Kalinox se pencha vers Pak'Zil qui ne pouvait cligner que d'un seul œil. Pakkal fit de même.

– N'aie crainte, mon ami, lui glissa-t-il à l'oreille. Je vais te guérir.

Le vieux scribe écarta les pans de la chemise de Pak'Zil pour mettre à découvert le sifflet qui pouvait lui permettre de faire appel aux animaux de la Forêt rieuse quand il le voulait.

Puis il tendit la main à Pakkal.

– Aide-moi à me relever, je te prie.

Pakkal permit à Kalinox de s'appuyer sur lui.

Ils se dirigèrent vers la cour intérieure. Le vieil homme s'arrêta, leva la tête vers le ciel et émit, à l'aide de son instrument, un sifflement strident. Pakkal se couvrit les oreilles avec ses mains, de même que les fonctionnaires curieux qui les avaient suivis et qui les observaient de loin.

– Il ne devrait pas tarder à arriver, lança Kalinox.

– Qui ? demanda Pakkal.

– Tu verras, petit homme. Entre-temps, retournons à l'intérieur, il recommence à pleuvoir.

Quelques minutes plus tard, un chien, avec, dans la gueule, une partie des codex de Xibalbà, entra dans le temple royal. Pakkal reconnut le chien de Kalinox.

– Lui ne m'a jamais laissé tomber, déclara le scribe en prenant le document.

– Comment a-t-il fait pour franchir la barrière de guêpes ?

Kalinox regarda Pakkal et sourit.

– Comment le saurais-je ? Demande-le-lui.

Le prince observa le chien qui jappa.

– Maintenant, tu dois me laisser tranquille. Je dois analyser ces documents maudits.

Pakkal tourna en rond quelques minutes.

– Tu m'énerves, lui dit Laya.

Il ne pouvait rester ainsi à ne rien faire. Et si Kalinox ne parvenait pas à trouver la solution ? Et si ça lui prenait trop de temps ?

Un nom apparut dans la tête de Pakkal : Itzamnà.

La dernière fois qu'il avait parlé à Itzamnà, le père des dieux, entre autres, le prince n'avait pas eu à l'appeler. Itzamnà lui-même était venu le voir.

Cette fois, c'était à Pakkal de provoquer les choses. Il avait besoin des conseils d'Itzamnà.

Entrer en contact avec les dieux n'était pas chose facile. On devait respecter une séquence précise de gestes et atteindre un niveau de concentration suprême.

De plus, ce privilège était réservé uniquement aux rois et aux reines. Pakkal n'étant pas encore roi, allait-il pouvoir arriver à ses fins ? Le rôle joué par le souverain était primordial : il était un intermédiaire entre les dieux et les Mayas.

Le prince décida de s'isoler dans une pièce située tout au nord du palais, une pièce dans laquelle il n'avait jamais mis les pieds. En fait, il avait connu seulement deux personnes qui pouvaient y pénétrer : sa mère, dame Zac-Kuk, et son grand-père, Ohl Mat.

La porte n'étant pas verrouillée, il était facile à quiconque se promenait dans le temple royal d'accéder à cette pièce. Or, seuls les souverains, choisis par les dieux, avaient le droit d'y entrer. Si un individu normal décidait d'enfreindre cette règle, il serait frappé d'une malédiction que Chac, le dieu de la Pluie, réaliserait.

Dame Kanal-Ikal avait une fois surpris Pakkal la main sur la poignée (laquelle était en fait un morceau de pierre appuyé sur des cailloux). Elle lui avait alors relaté le triste destin de l'un de ses cousins turbulents qui ne respectait jamais les consignes. Celui-ci avait commis l'impair d'entrer dans cette pièce pour satisfaire sa curiosité. Il s'était fait pincer et avait été sévèrement réprimandé. Quelques jours plus tard, alors qu'il cueillait du maïs, il avait été happé par un éclair. Le père avait raconté par la suite que, alors qu'il sermonnait son fils pendant la récolte à propos de son incartade, le ciel s'était rapidement obscurci et qu'une lance de lumière était venue s'abattre sur le jeune garçon.

Pakkal avait cru à cette histoire et, chaque fois qu'il passait à côté de la porte, par superstition, il retenait son souffle.

On appelait la pièce «*nahil ah'*», ce qui signifiait «maison de la pluie», pas seulement parce que Chac s'occupait personnellement des indésirables, mais également parce qu'il y avait une ouverture de forme rectangulaire dans le plafond qui permettait de voir l'extérieur; ainsi, quand il pleuvait, la pièce était inondée..

Pakkal hésita avant d'ouvrir la porte, ne voulant pas subir, littéralement, les foudres du dieu de la Pluie. Or, il avait beau analyser la situation sous tous ses angles, il arrivait à une seule conclusion: obtenir un entretien avec Itzamnà devenait essentiel. Pakkal croyait que lui seul, dans cette situation critique, pouvait lui venir en aide.

Malgré la crainte de commettre une erreur, il ouvrit la porte.

En entrant, un parfum rassurant vint lui chatouiller les narines, parfum qu'il connaissait bien: il s'agissait de l'odeur de sa mère. Elle aimait broyer des fleurs elle-même et appliquer la pâte dans son cou. Elle disait que cela lui donnait l'impression de «voler comme un oiseau».

La salle était petite. Très petite. Il n'y avait même pas assez de place pour qu'une deuxième personne puisse y entrer. Sur les murs de droite et de gauche, des glyphes en stuc représentaient les différents dieux du Monde supérieur. Sur le mur qui faisait face à Pakkal, une représentation d'Itzamnà grandeur nature.

Le sol était recouvert d'eau. Il pleuvait maintenant abondamment à l'extérieur. Chac faisait sentir sa présence en tonnant et en lançant des éclairs. Pakkal se demanda si cela était de bon augure.

Le prince remarqua une cavité dans le mur de droite. Il y glissa sa main et en retira une bandelette de papier, un morceau d'obsidienne et de l'encens. Grâce aux poteries qui se trouvaient dans le temple royal, il avait eu un aperçu de la manière dont il fallait procéder pour communiquer avec le Monde supérieur: le roi ou la reine, après avoir canalisé ses pensées sur ce qu'il s'apprêtait à accomplir, se faisait une petite entaille sur le bout d'un doigt à l'aide de l'obsidienne, imbibait le morceau de papier de sang, puis l'agitait au-dessus des effluves d'encens.

Pakkal sortit quelques instants. Il avait besoin de feu pour allumer l'encens. Il apporta l'encensoir, une coupole surmontée d'une représentation de l'Arbre cosmique, à quelques mètres d'une lampe allumée.

Dès que l'odeur de l'encens pénétra dans ses narines, il sentit sa tête devenir légère.

Craignant de défaillir, il se dépêcha de revenir dans le *nahil ah'* et, non sans difficulté, referma la porte.

Le garçon avait maintenant l'impression que tout son corps était léger comme l'air. Il posa l'encensoir, prit le morceau d'obsidienne et se piqua le doigt. Il fit tomber une goutte de sang sur le papier, puis passa ce dernier dans la fumée qui montait de l'encensoir.

La pièce embaumait l'encens. Pakkal avait un peu de mal à respirer, mais cela ne le préoccupait pas le moins du monde. Ses paupières se fermèrent et il sentit ses jambes se dérober sous lui. Il ouvrit les yeux.

La pièce était maintenant devenue grande. Si grande, en fait, qu'il n'arrivait plus à voir les murs censés l'entourer.

Il entendit une voix. Puis une autre. Et une autre. Il eut l'impression de ne pas être seul.

– Tu n'es effectivement pas seul, K'inich Janaab.

On posa une main sur son épaule. Pakkal se retourna.

C'était Ohl Mat, son grand-père. Son visage était empreint de plénitude et il portait son habit de guerre. Son visage était exempt de cicatrices et de blessures.

– Où suis-je, grand-père? lança Pakkal.

Ohl Mat lui fit un sourire rassurant.

– Cela n'a pas d'importance. Viens avec moi.

Pakkal suivit son grand-père. Ils s'arrêtèrent devant un des murs où les glyphes avaient pris vie.

– C'est beau, n'est-ce pas? lui dit Ohl Mat.

– Que font-ils?

– Ils s'échinent à stabiliser le Monde intermédiaire. Xibalbà vous importune.

Pakkal leva la tête. Il avait une vue imprenable sur la voûte céleste. Chaque étoile était plus lumineuse qu'à l'habitude. Un vent chaud vint caresser son visage.

– Que se passe-t-il? demanda-t-il à Ohl Mat.

– Itzamnà, répondit son grand-père. Il arrive.

L'une des étoiles dans le ciel se mit à scintiller. Puis elle grossit jusqu'à prendre la forme de l'Oiseau-serpent, aussi appelé Itzam-Yeh, une des formes que pouvait prendre Itzamnà.

L'Oiseau-serpent avait un plumage vif, où brillaient le vert, l'orangé, le rouge et le bleu. Sur ses ailes, on pouvait distinguer des glyphes.

La créature avait des ailes et une tête d'oiseau, mais le reste du corps était celui d'un serpent.

Itzam-Yeh se promena au-dessus des têtes d'Ohl Mat et de Pakkal, puis se posa. Même s'il était gigantesque, Pakkal n'avait pas peur : il lui semblait assister au plus grandiose des spectacles.

L'Oiseau-serpent recouvrit son corps à l'aide de ses ailes. Pakkal le vit alors se transformer en Itzamnà, père de tous les dieux.

Ohl Mat baissa la tête en signe de révérence. Pakkal fit de même.

– Seigneur Itzamnà, dit Ohl Mat.

– Je vois que nous avons de la compagnie, répondit-il.

Ohl Mat montra Pakkal de la main.

– Mon petit-fils, K'inich Janaab.

Itzamnà prit le visage de Pakkal dans ses mains et releva sa tête.

– Je sais, Ohl Mat. Je le connais.

Dans les yeux d'Itzamnà, Pakkal vit briller Hunahpù.

– Dame Zac-Kuk, déclara Itzamnà, ta fille, m'a prévenu du grand danger que court Palenque. La Quatrième Création est en péril et c'est dans cette cité qu'Ah Puch a décidé de mener sa première attaque.

– Avez-vous discuté avec ma mère ? demanda Pakkal.

Le dieu des dieux retira ses mains. Malgré cela, Pakkal avait l'impression qu'elles étaient encore là. Itzamnà ignora sa question.

– Comment se porte l'Armée des dons ?

– Deux des soldats sont atteints d'un mal dont le Monde inférieur est responsable. La rivière Otulum a été contaminée par des chauveyas ce matin. Lorsqu'on la boit, l'eau de cette rivière provoque une paralysie presque complète du corps. Si je n'agis pas, beaucoup mourront et je crains que ce ne soit la chute de Palenque.

Ohl Mat éclata de rire.

– La chute de Palenque, combien de fois l'ai-je crainte pendant mon règne ? Elle n'est jamais survenue.

Pakkal regarda son grand-père.

– Je m'inquiète donc sans raison ?

Itzamnà répondit :

– Non, tu as raison de t'inquiéter. Mais il n'y a pas que Palenque qui risque de tomber, la Quatrième Création également.

– Quelques-uns de vos dieux ne pourraient-ils pas nous venir en aide, seigneur Itzamnà ?

Itzamnà frotta son nez crochu, puis fit un sourire entendu à Ohl Mat. Il demanda à Pakkal :

– Vois-tu les dieux qui nous entourent ?

Pakkal jeta un coup d'œil aux glyphes représentant les dieux du Monde supérieur qui se mouvaient sur les murs. Il hocha la tête.

– Ils sont tous occupés à faire en sorte que le Monde intermédiaire fonctionne sans heurt. Si je retire l'un d'eux de ses fonctions pour l'envoyer dans l'Armée des dons, ses actions bienfaitrices n'auront plus lieu, l'équilibre du Monde intermédiaire sera rompu et vous en pâtirez. Tu devras, K'inich Janaab, t'occuper de sauver la Quatrième Création de sa destruction.

Pakkal fixa le sol.

– J'ignore comment je peux sauver les citoyens paralysés de la cité. Il est difficile pour moi d'envisager de sauver la Quatrième Création. Pourquoi est-ce que je n'arrive pas à trouver des solutions aux problèmes? Pourtant, je suis né le même jour que la Première Mère, j'ai six orteils à chaque pied, j'ai un don et je deviendrai, à ma mort, tout comme mon grand-père, un dieu.

Itzamnà fit un geste d'impatience.

– Ne va pas si vite, K'inich Janaab. Il te reste bien du chemin à parcourir avant de devenir un dieu. Tu n'en es pas encore un et, pour accéder au Monde supérieur, il te faudra me prouver que tu mérites ta place. Posséder un don est une chose, bien l'utiliser en est une autre. Il y aura de nombreux obstacles.

Pakkal raidit son dos.

– Je saurai les surmonter.

– Tu connaîtras des désespoirs de plus en plus grands. Celui que tu vis actuellement n'en est qu'un léger aperçu.

– Je ne suis pas désespéré, fit le prince.

– Les tentations aussi seront fortes, continua Itzamnà. Ah Puch aimerait bien avoir un allié comme toi à ses côtés.

Les yeux de Pakkal s'ouvrirent très grands.

– Moi ? Dans le Monde inférieur ? Jamais !

– Rappelle-toi ce que je viens de te dire, K'inich Janaab. Le désir d'aller t'établir à Xibalbà sera fort. Ce sera l'écueil le plus pénible.

– Je vous serai toujours fidèle, affirma Pakkal.

Ohl Mat intervint.

– Petit-fils, le seigneur Itzamnà est fort occupé. Dis-lui pourquoi tu avais besoin de lui parler.

– Comme je le disais plus tôt, les gens qui ont bu l'eau de la rivière Otulum sont paralysés. Il doit sûrement exister un moyen de guérir ces gens.

– Un moyen..., répéta Itzamnà. Laisse-moi réfléchir quelques instants.

Le seigneur des cieux ferma les yeux. Quelques instants plus tard, il les rouvrit.

– Dans le Monde supérieur, il y a une plage faite de sable de jade où les dieux aiment aller se reposer. Une fois que tu en auras trouvé, tu en verseras dans le cours d'eau contaminé. Et tu feras boire aux malades de cette nouvelle eau. Maintenant, je dois te quitter.

Pakkal fit un pas vers Itzamnà.

– Du sable de jade, oui, mais où le trouver?

Itzamnà commençait à se transformer en Itzam-Yeh. Ses bras étaient devenus des ailes aux couleurs scintillantes.

– Trouve mon fils Kan. Il pourra t'aider.

La métamorphose était maintenant terminée. Itzam-Yeh poussa un cri, puis s'envola.

– Kan, murmura Pakkal en regardant l'Oiseau-serpent filer vers les étoiles.

• ✪ •

– Dis à ta grand-mère, petit-fils, que je l'aime toujours.

Alors que Pakkal se retournait pour continuer à parler avec Ohl Mat, les murs se mirent soudainement à avancer. Son grand-père avait aussi disparu.

Il aurait bien aimé discuter avec lui. Le revoir lui avait fait du bien. Les derniers moments qu'il avait passés en sa présence ici-bas avaient été pénibles et le souvenir qu'il avait gardé de lui était entaché de sang, d'humiliation et de souffrance. Dans le Monde supérieur, Ohl Mat semblait heureux.

Les murs avançaient à une vitesse folle, ce qui fit craindre à Pakkal d'être écrasé. Il ferma les yeux. En les rouvrant, il s'aperçut qu'il était revenu dans le *nahil ah'*. L'encens ne brûlait plus et la pluie continuait à entrer dans la pièce par le trou du plafond.

Pakkal s'assit sur le sol pour réfléchir.

Kan était l'un des quatre bacabs, fils d'Itzamnà. Chacun d'eux était placé à l'un des quatre coins du ciel et le soutenait. Il y avait Kan, qui se trouvait à l'est, mais aussi Cauac au sud, Ix à l'ouest et enfin Mulac au nord.

Certes, Itzamnà lui avait dit d'aller rencontrer son fils Kan afin que celui-ci lui indique où trouver le sable de jade, mais comment faire pour le trouver? Il n'avait jamais entendu quelqu'un affirmer être allé au bout du monde et y avoir rencontré l'un des bacabs.

Le voyage allait être long. Pakkal devrait d'abord trouver un moyen de transport rapide et fiable. Il devait oublier l'aide des insectes: il pouvait en utiliser une seule espèce à la fois et il était hors de question pour l'instant de démanteler le bouclier de guêpes qui protégeait le temple royal. Comment faire alors ?

Ce qu'Itzamnà lui avait dit à propos d'Ah Puch et de Xibalbà le tracassait également. Le seigneur des dieux semblait douter de l'allégeance de Pakkal au Monde supérieur et cela l'agaçait. L'idée de laisser tomber Palenque, la cité qu'il chérissait tant, ainsi que ses citoyens, lui répugnait. Or, Itzamnà lui faisait confiance quant à la formation de l'Armée des dons pour vaincre Ah Puch. Les messages qu'il avait donnés au prince étaient contradictoires.

Pakkal se rendit dans la salle d'audience. Frutok jouait avec le chien de Kalinox tandis que ce dernier feuilletait le grand codex de Xibalbà. Les fonctionnaires, assis et discutant, se levèrent lorsqu'ils virent le prince entrer.

– J'ai trouvé, dit Pakkal au vieux scribe.

Kalinox avait le nez collé aux documents et le bout de son index crochu tentait de décrypter un glyphe.

– Trouvé quoi ? Les dents qui me manquent ?

– Non, le moyen de guérir les paralysés. Je suis allé dans le *nahil ah'*.

Kalinox cessa de chercher et regarda Pakkal.

– Tu es allé dans le *nahil ah'* ?! C'était trop risqué ! Le cousin de ta grand-mère...

– Je sais, Chac lui a fait payer son incartade. Je suis parvenu à discuter quelques instants avec Itzamnà. Il m'a dit que je devais trouver du sable de jade et en répandre dans la rivière Otulum.

– Le sable de jade que l'on trouve dans le Monde supérieur ?

– Oui. Son fils Kan m'indiquera où en découvrir.

– Kan, oui. Le premier des bacabs qui voit Hunahpù se lever.

– Je ne sais pas comment m'y rendre, fit Pakkal, songeur.

– Bien heureux de ne pas être à ta place, soupira Kalinox.

À l'extérieur, des cris de hargne retentirent.

– Et je ne peux pas utiliser mon don pour me déplacer, poursuivit le prince. Si Katan avait été là, il aurait pu…

En pensant au chef de l'armée de Calakmul transformé malgré lui en chauve-souris, le prince eut une idée.

– Pakkal !

Le garçon se retourna. C'était sa grand-mère. Lorsqu'elle vit Kalinox, elle parut surprise et s'arrêta net.

– Bonjour, Kalinox, dit-elle.

Kalinox ne leva pas les yeux de son codex et répondit, un peu froidement :

– Bonjour, Kanal-Ikal.

– Que se passe-t-il donc ? demanda-t-elle. On m'a dit que la rivière avait été contaminée ? Ce n'est pas un autre de tes mauvais coups, j'espère ? Si c'est le cas, ce n'est pas drôle.

– Non, grand-mère, je n'y suis pour rien.

Pakkal songea à son grand-père, le mari bien-aimé de dame Kanal-Ikal. Chaque fois qu'elle en parlait, c'était avec passion. Il n'y avait pas eu dans le monde maya homme plus beau, gentil et courageux.

– Je viens de voir grand-père, lui dit-il, espérant que cela allait lui faire plaisir.

– Grand-père ? Quel grand-père ?

Il sembla à Pakkal que sa grand-mère avait compris.

– Ohl Mat.

Dame Kanal-Ikal prit un air sévère.

– Si tu tentes de faire diversion pour essayer de passer un de tes mauvais coups sous silence...

– Non, non. J'ai vu grand-père.

L'air sévère ne disparut pas.

– Ne me dis pas que tu es allé dans le *nahil ah'* ?

Pakkal détourna la conversation.

– Ohl Mat va bien. Et il vous fait dire qu'il vous aime toujours et qu'il s'ennuie de vous.

Le prince s'en voulut d'en avoir ajouté un peu pour amadouer sa grand-mère. Dès qu'il avait eu fini sa phrase, Kalinox avait poussé un soupir d'exaspération et avait levé les yeux au plafond. S'était-il déjà passé quelque chose entre le vieux scribe et sa grand-mère?

Dame Kanal-Ikal afficha un sourire, et une larme coula sur sa joue.

– T'a-t-il dit autre chose?

– Non. Lorsque j'ai voulu parler plus longuement avec lui, il avait disparu.

Pakkal regarda les vêtements que sa grand-mère portait.

– Est-ce que je peux emprunter quelques-uns de vos vêtements?

Cette demande loufoque sortit brusquement dame Kanal-Ikal de sa rêverie.

– Pardon?

– Vos vêtements, il m'en faudrait quelques-uns.

– Qu'es-tu encore en train de mijoter?

– Votre tunique ferait très bien l'affaire.

– Ma… ma tunique? Tu es tombé sur la tête? Tu crois que je vais me promener à moitié nue devant tous ces hommes?

Zi'Jok avait trente et un ans et était l'agriculteur le plus prolifique de Palenque. C'étaient ses terres qui donnaient les haricots les plus croquants et le maïs le plus sucré. Lorsqu'un agriculteur avait des problèmes avec ses récoltes, il s'empressait d'aller consulter Zi'Jok qui, en sentant la terre et même en y goûtant, arrivait à donner des conseils afin d'améliorer le rendement des champs. Zi'Jok ne manquait jamais de recommander aux hommes qui venaient le voir de bien prendre soin aussi de leur famille. « Plus les gens sont heureux sur leurs terres, meilleures sont les récoltes », affirmait-il.

Zi'Jok avait trois enfants, deux garçons et une fille. Sa femme en avait perdu deux autres lors d'accouchements difficiles. Le dernier lui avait été fatal. La belle-mère de Zi'Jok était venue prendre la relève.

Zi'Jok passait beaucoup de temps sur ses terres. Du lever au coucher de Hunahpù, il sarclait le sol, arrachait les mauvaises herbes, semait, expérimentait et récoltait. Il prenait soin de ses enfants comme il prenait soin de sa propriété. Le métier était difficile : il faisait chaud et humide ou il pleuvait à verse et les insectes, les moustiques notamment, devenaient harassants. Le soir, Zi'Jok était vanné. Il ne lui restait assez d'énergie que pour aller cajoler ses enfants avant de s'endormir avec eux jusqu'au lendemain matin. Zi'Jok n'était pas fortuné, loin de là, mais il était heureux.

En raison des nombreuses heures qu'il passait à travailler, il avait très peu de temps pour s'intéresser à la vie politique de Palenque. De toute façon, cela ne le préoccupait pas le moins du monde. Il avait connu le roi Ohl Mat, auquel il n'avait rien à reprocher. Ohl Mat adorait les légumes que Zi'Jok cultivait et l'avait déjà invité au temple royal pour lui faire part de sa gratitude. Aussi, il lui avait dit qu'il appréciait l'aide qu'il apportait à ses semblables.

Pour la première fois de sa vie, Zi'Jok avait bu le fameux *ka-ka-wa*, un véritable délice, et un fonctionnaire lui avait remis, avant son départ, une plume de quetzal, preuve qu'il avait déjà eu un entretien privé avec le roi. Depuis, après les cinq mauvais jours du calendrier *haab*[2], que l'on appelait « *ma k'aba'k'in* » (« jours sans nom »), un fonctionnaire lui apportait une plume de quetzal en signe de reconnaissance royale.

Lorsqu'il avait eu des ennuis avec l'un de ses voisins, qu'il avait surpris en train de vandaliser ses terres, Zi'Jok avait d'abord

---

2. Calendrier constitué de 18 cycles de 20 jours chacun.

tenté de régler son différend à l'amiable, puis, en dernier ressort, il avait demandé l'aide d'Ohl Mat. Elle n'avait pas tardé à arriver. On n'avait jamais su pourquoi le voisin avait commis ces actes disgracieux, mais il avait reçu un châtiment exemplaire; il avait été chassé de Palenque en pleine nuit. Le lendemain matin, on avait retrouvé une partie de son corps charcuté, probablement par un jaguar.

Ohl Mat s'était battu pour défendre l'honneur de la cité deux fois plutôt qu'une face à l'armée de Calakmul. Malheureusement, il y avait laissé sa peau la dernière fois.

Puis, à la stupéfaction générale, parce qu'Ohl Mat n'avait pas d'héritier de sexe masculin, c'est sa fille, dame Zac-Kuk, qui avait pris sa place. Comme la plupart des citoyens, Zi'Jok avait été choqué en apprenant cette nouvelle. Une femme à la tête de Palenque? Impossible! Qu'allaient penser les dieux de cette décision? Zi'Jok s'inquiétait: ses terres allaient-elles continuer à être fertiles?

Les cataclysmes annoncés n'avaient pas eu lieu. L'administration de dame Zac-Kuk ressemblait beaucoup à celle de son père. Elle était juste et bonne. Il y avait certes encore des irréductibles qui affirmaient qu'une femme assise sur le trône de la cité ne pouvait qu'apporter des problèmes, mais rien ne prouvait ce qu'ils avançaient. Les affaires de Palenque étaient florissantes et les dieux étaient toujours aussi conciliants.

Jusqu'à ce que le Monde inférieur envahisse la cité. Avec le sombre nuage qui était alors apparu au-dessus de la ville, Zi'Jok avait vu son maïs, ses haricots et autres légumineuses se gâter et pourrir. Son long et dur travail avait été totalement anéanti. Même ses réserves dégageaient une odeur de pourriture. Qu'allait-il donner à manger à ses enfants?

Grâce à Pakkal, le fils de dame Zac-Kuk, qui, disait-on, avait six orteils à chaque pied et était né le même jour que la Première Mère, Palenque avait réussi à se débarrasser d'Ah Puch et de sa bande. Les réjouissances avaient été de courte durée; il fallait que les terres se remettent à produire.

Quelques jours plus tard, Zi'Jok avait appris de ses voisins qu'un mal étrange venait de faire son apparition. Il semblait que certaines personnes mouraient inexplicablement, d'un coup. On s'était ravisé: elles ne mouraient pas, elles étaient paralysées, ce qui était encore plus singulier.

C'était la faute de dame Zac-Kuk et de son fils, c'était une évidence. C'était ce qu'une dizaine d'agriculteurs avaient dit à Zi'Jok lorsqu'ils étaient venus le chercher pour aller exprimer leur profond mécontentement en ville. Si un homme avait régné sur la ville, cela ne serait jamais arrivé, affirmait-on. Il fallait que les choses changent.

L'entrain de ses camarades agriculteurs avait incité Zi'Jok à les suivre. Il n'en voulait pas personnellement à la reine et à son fils, pour qui il avait beaucoup de respect, mais c'était une bonne excuse pour quitter la demeure un moment afin de ne plus entendre ses enfants se plaindre de la faim. Il avait pris une hache et était parti pour la ville.

Plus ils approchaient de la cité, plus le nombre de corps étendus sur le sol augmentait. À chaque corps devant lequel il passait, l'angoisse de Zi'Jok augmentait. Et si cela arrivait à ses enfants? Que se passait-il donc à Palenque? Pourquoi les dieux les avaient-ils laissés tomber? Selon ses camarades, il ne pouvait y avoir qu'une explication: dame Zac-Kuk, la prétendue réincarnation de la Première Mère, et son fils, Pakkal. Le message ne pouvait pas être plus clair.

Le dernière fois que Zi'Jok avait vu autant de monde dans la cité, c'était lors du couronnement de dame Zac-Kuk. Mais cette fois, le temps n'était pas à la réjouissance.

Tous convergeaient vers le temple royal. On raconta à Zi'Jok que Pakkal avait pour alliés des êtres étranges qui étaient sûrement issus du Monde inférieur : une bête qui avait tout plein d'yeux et un poing au bout de la queue ; un petit être fait de terre et de poussière ; un géant à tête de crocodile, Zipacnà, celui-là même qui avait combattu les Jumeaux héroïques. Il n'en fallut pas plus à Zi'Jok pour être convaincu : Pakkal venait de Xibalbà et, pour le bien de Palenque, il fallait le chasser.

Le temple royal, dans lequel s'était réfugié Pakkal, était protégé par une barrière de guêpes qui empêchait toute intrusion. Zi'Jok et les autres avaient tenté de lancer des cailloux pour la percer, sans succès. Puis, avec d'autres, il avait décidé de faire le tour du temple, à la recherche d'un autre moyen pour y pénétrer.

Il vit alors une femme au dos courbé, avec une canne, descendre les marches situées à l'arrière du bâtiment. Elle avançait très lentement.

Il y eut une ouverture dans le mur de guêpes pour qu'elle puisse le traverser. Zi'Jok et ses camarades allèrent au-devant d'elle pour lui faire un mauvais parti.

•✪•

– Arrêtez-vous.

La dame au dos courbé continua à marcher en direction de la Forêt rieuse.

– Je vous ai dit de vous arrêter!

Zi'Jok se planta devant elle. La dame le contourna.

Le cultivateur fut décontenancé. Il jeta un coup d'œil à ses camarades aussi désarçonnés que lui, puis revint à la charge. Il mit sa main sur l'épaule de la vieille dame. Elle portait une tunique à capuche, sur laquelle le glyphe de la Première Mère avait été tissé.

– Qui êtes-vous? demanda Zi'Jok.

La dame s'arrêta. Elle avait la tête baissée.

– Comment osez-vous me toucher? dit-elle d'une voix éraillée.

Zi'Jok retira sa main.

– Vous ne me reconnaissez pas, ignorant?

Un des compères de Zi'Jok souffla:

– C'est dame Kanal-Ikal.

– Bien sûr que c'est moi! s'écria-t-elle.

– Montrez-moi votre visage, lui ordonna Zi'Jok.

Dame Kanal-Ikal leva sa canne et en asséna un coup sur le mollet de son interlocuteur.

– Un peu de respect, je vous prie. Je n'ai pas à montrer mon visage à qui que ce soit.

La dame poursuivit son chemin, lentement, comme si de rien n'était.

Zi'Jok fit signe à ses camarades de lui venir en aide. Ils entourèrent dame Kanal-Ikal.

– Montrez-moi votre visage, répéta Zi'Jok.

La vieille dame fit siffler sa canne dans les airs. Cette fois, elle avait visé l'estomac. Zi'Jok se plia en deux de douleur.

– Vous n'êtes pas dame Kanal-Ikal, finit-il par dire.

L'un des compagnons de Zi'Jok voulut en avoir le cœur net : il tira sur sa capuche. C'était une femme aux longs cheveux noirs striés de blanc et au visage ridé. C'était bel et bien dame Kanal-Ikal. Et elle était insultée.

Toujours avec sa canne, elle entreprit de chasser le malotru qui lui avait retiré sa capuche et les autres.

– Ça vous apprendra, vauriens !

La dispute avait attiré des badauds. Même avec toute la témérité du monde, jamais dame Kanal-Ikal n'aurait réussi à traverser la barrière de contestataires.

Elle remit sa capuche et rebroussa chemin, le sourire aux lèvres. Les guêpes s'écartèrent juste assez pour la laisser passer.

Non loin de là, dans la Forêt rieuse, Pakkal avait observé toute la scène.

Sa grand-mère n'avait pas approuvé son plan initial pour sortir du temple royal. Il voulait porter sa tunique et passer dans la foule, mine de rien. Il l'avait donc revêtue et s'était mis à imiter la démarche lente de dame Kanal-Ikal qui en avait été fort offusquée:

– Je ne ressemble pas à ça!

Les fonctionnaires s'étaient mis à ricaner. Dame Kanal-Ikal les avait foudroyés du regard.

Kinam avait mis son grain de sel, trouvant lui aussi que le plan de Pakkal était boiteux.

– Nous allons vous escorter. Personne n'osera vous attaquer si vous êtes entouré de soldats, même s'ils sont plus nombreux.

Pakkal ne voulait pas attiser le feu de la colère des habitants de Palenque.

– Il y a une sortie du côté de la Forêt rieuse, expliqua Kinam. La plupart des citoyens sont de l'autre côté. Avec un peu de chance, on ne vous verra pas sortir.

Bonne idée, sauf que si on l'interceptait, il était cuit.

– Il faudrait un éclaireur, déclara Pakkal. Quelqu'un qui pourrait attirer l'attention pendant que je me faufile dans la forêt.

Il regarda sa grand-mère. Elle fit non de la tête vigoureusement.

– Enlève-toi cette idée de la tête, lui lança-t-elle. Après l'imitation que tu viens de faire de moi…

Pakkal se tourna vers Kinam et lui fit un clin d'oeil.

– Je la comprends, si elle se faisait attaquer, elle ne serait pas en mesure de se défendre.

La réaction de dame Kanal-Ikal fut instantanée.

– Tu crois cela? Tu crois vraiment que je ne pourrais pas me défendre? Eh bien, tu vas voir!

Pakkal ne put s'empêcher d'esquisser un sourire moqueur.

– Tu arrives toujours à avoir ce que tu désires, mais c'est la dernière fois, je t'assure!

«Elle me dit chaque fois la même chose», se dit-il.

Pakkal n'avait dit à personne ce qu'il avait l'intention de faire. Lorsque Kinam le lui avait demandé, il avait répondu qu'il voulait récupérer sa tarentule. Il savait que, s'il avait livré le fond de sa pensée, on ne l'aurait pas laissé partir.

Avant qu'il ne sorte, Laya s'approcha de lui et lui souffla à l'oreille:

– Sois prudent.

Elle ne savait pas exactement ce qu'il avait derrière la tête, mais elle n'était pas dupe: Pakkal s'apprêtait à faire quelque chose de beaucoup plus périlleux que d'aller chercher sa tarentule, d'autant plus qu'il avait pris la lance de Buluc Chabtan.

Tout en prenant garde de ne pas se faire voir, Pakkal, pendant que dame Kanal-Ikal attirait l'attention des insurgés qui l'avaient repérée, se dirigea vers la forêt. Il contourna la cité pour se rendre à la hutte royale. Il croisa quelques personnes, mais parvint à ne pas se faire repérer.

Sa demeure étant surveillée, il dut ramper sur le sol pour atteindre la fenêtre de sa chambre par laquelle il passa. Il venait chercher des cordes liées ensemble par des nœuds, qu'il avait un jour utilisées pour tenter d'attraper un *tzimin*[3]. Même s'il avait lamentablement échoué, le *tzimin* se contentant de rester sur place et de le regarder avec indifférence, il s'était promis de recommencer un jour.

Pakkal ne perdit pas de temps, sachant où étaient les cordes : dans le coffre où il gardait tous ses souvenirs. Il prit bien soin de ne faire aucun bruit.

Il ressortit, puis prit la direction de l'endroit où les chauveyas ayant contaminé la rivière Otulum étaient gardés prisonniers.

---

3. Tapir, en maya.

•⚙•

Comme le prince l'espérait, il n'y avait personne autour des chauveyas. Les bêtes dormaient.

Pakkal savait que Kan, le bacab qu'il devait aller rencontrer, était le dieu qui se trouvait à l'endroit où Hunahpù se levait. C'était un long voyage. Si long que Pakkal craignait de ne jamais arriver à destination.

Feu Xantac, son ancien maître, lui avait raconté qu'un inconnu était un jour entré dans la cité et avait demandé à être hébergé quelque temps. C'était un vieillard qui avait du mal à marcher. Xantac avait accepté de lui donner l'hospitalité. L'homme semblait brisé par la fatigue; il avait même du mal à parler. Après une nuit de sommeil, Xantac avait offert des tortillas et des haricots au vieillard qui lui avait raconté qu'il avait passé toute sa vie à se promener, qu'il avait visité toutes les villes du monde maya, même celles qui étaient cachées, et que Palenque, à son avis, était une des plus belles. Le vieil homme avait exhibé les parties de son corps couvertes de cicatrices. Il s'était fait mordre par des singes, attaquer par des serpents et griffer par des jaguars, mais jamais il n'avait abandonné.

– Pourquoi donc? avait demandé Xantac.

– Les bacabs, avait-il répondu. Depuis que je suis enfant, je désire les rencontrer, ils sont mes héros. Mon père était fonctionnaire de la ville de Chichén Itzá. J'aurais pu devenir comme lui, mais j'ai décidé, malgré ses protestations, de réaliser mon rêve d'enfant, celui de faire leur connaissance. Je me promène depuis quelques *k'atun*[4]. J'ai arrêté de les compter depuis longtemps.

L'homme expliqua à Xantac, avec mélancolie, qu'il n'en avait jamais rencontré un. Mais au fil de ses rencontres, il avait appris que, pour approcher un bacab, il fallait trouver des ailes que l'on enfilait et qui permettaient de voler. Elles avaient été fabriquées avec des plumes de quetzal de la couleur qui représentait le bacab et se trouvaient dans un des quatre temples du Ciel, construits par Xaman Ek, le dieu guide et protecteur des marchands. Ami de Chac, le dieu de la Pluie, et bras droit d'Ah Chicum Ek, le dieu de l'Étoile polaire, il avait érigé ces temples pour permettre aux marchands de retrouver leur route lorsqu'ils se perdaient. Ainsi, ils pouvaient enfiler les ailes et demander de l'aide à l'un des bacabs.

---

4. Un *k'atun* est l'équivalent de 7200 jours, soit 20 *tun* (année de 360 jours).

Pakkal écoutait habituellement ce que Xantac racontait d'une oreille distraite, préférant s'imaginer sur un terrain de jeu de balle. Mais ce récit sur les bacabs l'avait intrigué. L'idée de géants soutenant le ciel, sans jamais se reposer, était fascinante.

Après le petit-déjeuner, le vieillard avait demandé s'il pouvait aller se recoucher. Xantac y aurait vu un inconvénient s'il avait su que son visiteur ne se réveillerait plus. Comme il l'avait confié à Pakkal, Xantac pensait que le vieillard était mort de n'avoir jamais réalisé son rêve d'enfant.

Le prince devait donc trouver le temple du Ciel qui correspondait à Kan. Il n'y avait qu'une seule façon pour lui d'arriver à ses fins: utiliser un chauveyas comme moyen de locomotion. L'idée était folle, mais avait-il vraiment le choix? On pouvait voler sur le dos d'un chauveyas, il le savait.

Dès que Pakkal toucha l'un des troncs d'arbres qui servaient de barreaux, l'un des chauveyas, celui qui avait été le frère de Katan, ouvrit un œil. Il se releva et exhiba ses dents pointues. Les autres chauveyas se réveillèrent également. Le garçon remarqua qu'ils avaient encore les pattes et les ailes liées et que leurs mouvements étaient laborieux.

Il posa sa lance et se gratta le dessus de la tête. Il devait sortir un chauveyas de là. Il ne savait pas trop comment s'y prendre jusqu'à ce que son regard tombe sur la pointe de la lance de Buluc Chabtan.

Pakkal fit pénétrer la lance entre deux barreaux, ce qui ne plut pas aux chauves-souris géantes qui s'éloignèrent. Il voulait tenter de couper les liens autour des pattes de l'une des bêtes, mais ça n'allait pas être si aisé.

– Hé ! toi !

Pakkal tourna la tête. Il venait d'être repéré. Un citoyen, armé d'une lance, s'approchait de lui.

– Vous êtes Pakkal, non ?

Le prince ne céda pas à la panique. Il répondit comme s'il venait de se faire prendre en train de faire un mauvais coup.

– Euh… oui, je suis Pakkal. Et… euh… toi ?

Le citoyen pointa sa lance dans sa direction. Pakkal recula jusqu'à ce qu'il fût arrêté par un barreau de la prison des chauveyas. S'il restait là trop longtemps, il risquait d'être mordu.

L'homme, qui faisait au moins trois têtes de plus que le prince, avança lentement jusqu'à ce que l'obsidienne tranchante, sur le bout de sa lance, se retrouve à quelques centimètres du nez de Pakkal.

– Il semble qu'on ne vous cherchait pas au bon endroit, déclara le citoyen.

En louchant, Pakkal regardait la lance de l'homme avec inquiétude. Un geste brusque et il était transpercé. Le citoyen semblait fier de sa découverte.

– Vous avez le choix, prince Pakkal: vous me suivez gentiment ou je vous expédie sur-le-champ à Xibalbà.

L'homme appuya doucement la pointe de sa lance sur le nez du prince.

– Laisse-moi partir, dit Pakkal. Je sais comment sauver les paralysés.

– Nous avons laissé assez de chances à votre famille. Le message des dieux est clair; vous n'êtes pas dignes de Palenque.

– Si j'arrive à trouver du sable de jade et que j'en verse dans la rivière Otulum, ces gens seront sauvés. Mais si tu ne me laisses pas partir, ils mourront.

– Ils mourront de toute façon, répondit le citoyen. Votre manège ressemble plus à une fuite qu'à une tentative de sauver les paralysés.

Pakkal le fixa dans les yeux.

– Fais-moi confiance. J'arriverai à les sauver si tu me laisses partir.

L'homme regarda par-dessus l'épaule de Pakkal. Les chauveyas approchaient.

– Si je ne bouge pas d'ici, lança Pakkal, je vais me faire mordre par les chauveyas.

– Quelle triste fin, n'est-ce pas?

Pakkal donna un coup de lance sur celle du citoyen.

Le citoyen fut décontenancé. Alors qu'il tentait de récupérer son arme, Pakkal posa un pied dessus, tout en pointant sa propre lance dans sa direction.

– Je ne veux pas te faire de mal, dit-il. Mais tu dois me laisser tranquille.

L'homme retira lentement sa main de sa lance, mais il asséna un coup de pied sur le genou du prince qui tomba à la renverse.

Puis il s'empara de sa lance et se releva. Furieux, il posa la pointe d'obsidienne sur la poitrine de Pakkal.

Derrière les troncs d'arbres, les chauveyas poussaient des cris aigus d'excitation. À tour de rôle, ils passaient leur tête entre les barreaux et lançaient des coups de gueule. Le citoyen en fut distrait.

Le garçon profita de son inattention pour repousser la lance et faire une roulade. À peine était-il relevé que l'homme chargeait.

Pakkal esquiva l'attaque et lui fit un croc-en-jambe. En glissant sur le sol, le citoyen fit lever la poussière. Le prince souleva sa lance et la planta en dessous de l'aisselle de l'homme pour l'épingler au sol.

Pakkal ne voulait aucunement faire du mal à cet homme acharné. Il ne pouvait pas se permettre de le blesser, puisque cela aurait paru, aux yeux des autres citoyens, comme une offense impardonnable. Un roi, à plus forte raison un prince, devait se montrer, dans toutes les situations, bon. Alors, comment faire pour s'en débarrasser?

La réponse apparut à Pakkal lorsque deux autres citoyens, alertés par le bruit, s'approchèrent, l'un armé d'une pioche, et l'autre, d'une hachette. Lorsqu'ils virent Pakkal, ils hésitèrent quelques instants, n'en croyant pas leurs yeux. L'un d'eux pointa un doigt dans sa direction, puis cria:

– C'est le prince!

Pakkal n'avait plus le choix, il devait déguerpir. Il retira sa lance et recula alors que les citoyens avançaient dans sa direction à pas rapides. Le prince laissa tomber l'idée d'essayer de les convaincre du bien-fondé de sa démarche.

Il contourna rapidement la prison des chauveyas, s'arrêta devant un des troncs, regarda à son sommet. S'il fuyait, il n'aurait pas une autre chance de revenir. C'était maintenant ou jamais. Les chauveyas se trouvaient à l'autre bout de la prison. Étant attachés les uns aux autres, ils ne se déplaçaient que très lentement. Pakkal estima qu'il avait le temps. La branche la moins haute n'était pas facilement accessible. Elle était à au moins quatre mètres du sol. Le prince pouvait sauter haut, mais pas à ce point.

Les citoyens aidèrent leur compère à se relever, puis jetèrent un regard à Pakkal qui se dit qu'il devait faire vite s'il ne voulait pas passer un mauvais quart d'heure.

Le garçon mit le pied gauche sur un tronc, le pied droit sur l'autre. Il entreprit de monter. Dans la Forêt rieuse, il avait déjà fait cet exercice périlleux. Il était souvent tombé. Cette fois, il ne pouvait se permettre se rater son coup. Pour ajouter à la difficulté, une de ses mains était occupée à tenir la lance de Buluc Chabtan, et l'autre, la corde.

Pakkal sentit une main frôler un de ses pieds. Les citoyens tentaient, en sautant, de l'attraper. Puis il fut frappé par un objet à la cheville. Il fut déstabilisé pendant un quart de seconde, mais il parvint à retrouver son emprise sur l'écorce. Un autre coup sur son pied. Et un autre. La douleur était vive, mais il tint bon. Encore un mètre et il allait être à l'abri des agressions.

Le garçon était maintenant trop haut pour que les citoyens, même avec leurs armes, puissent l'atteindre. Il s'agrippa à une branche, se souleva et s'assit dessus pour reprendre son souffle.

Ses poursuivants tentèrent de secouer les troncs d'arbres, en vain. Lorsque l'un d'eux essaya de grimper pour le rattraper, le prince résolut de poursuivre son ascension.

Il fut aisé pour lui d'atteindre le haut de la prison en raison de toutes les branches qui lui servaient d'appui. Il jetait un coup d'œil régulièrement au citoyen qui le pourchassait; ses camarades ayant décidé de l'aider, il n'était plus qu'à quelques centimètres de la première branche.

Pakkal regarda en bas. Les chauveyas étaient sous lui, en cercle, le menton relevé et la gueule ouverte. Le citoyen qui grimpait se hissait sur la première branche.

– Ils sont dangereux, avertit le prince. Tu ne dois pas prendre de risque.

Le citoyen continua sa montée.

Pakkal analysa la situation: s'il voulait avoir une chance de s'emparer d'un chauveyas, il devait parvenir à sauter dans le milieu du cercle que formaient les chauves-souris géantes.

Le prince passa ses jambes à l'intérieur de la prison en prenant soin de ne pas lâcher sa corde ou sa lance. Il descendit jusqu'à la branche la plus proche du sol. Le citoyen était presque arrivé à sa hauteur. Pakkal devait sauter immédiatement.

Il s'assit sur la branche, se poussa un peu vers la droite et laissa ses jambes pendre dans le vide. Il était à trois mètres du sol.

Il se jeta dans le vide et tomba dans le petit espace qu'il y avait entre les chauveyas. Les bêtes se déchaînèrent. Tout en tournoyant, elles tentaient de mordre Pakkal, mais n'y parvenaient pas.

Avec le bout de sa lance, Pakkal entreprit de couper les liens qui maintenaient un chauveyas aux autres. Katan avait serré les cordes au possible, et les nœuds qu'il avait faits étaient trop compliqués pour tenter de les défaire.

Le prince avait toute la misère du monde à rompre la corde parce que les chauveyas bougeaient trop. Finalement, il y parvint.

Il grimpa sur le dos du chauveyas qu'il venait de libérer. Ses ailes et ses pattes étaient encore liées, mais il pouvait au moins se déplacer indépendamment des autres. Pakkal passa la corde par-dessus sa tête, puis tira dessus pour qu'elle entre dans sa gueule ouverte. Il fit un nœud derrière son cou.

D'une main, il tenait sa lance et sa corde. De l'autre, il s'escrimait à dénouer la corde qui retenait les ailes du chauveyas. Il maudit Katan d'avoir mis autant de cœur à l'ouvrage.

Il sentit à ce moment-là qu'on le tirait par-derrière.

Le garçon tomba lourdement sur le sol. Il en perdit sa lance et la corde qu'il tenait. On le traîna sans ménagement.

Le citoyen qui le pourchassait était maintenant avec lui, dans la cage des chauveyas.

Pakkal se retourna et, au dernier moment, vit une lance fondre sur lui. Il fit une roulade pour l'éviter.

Le prince devait maintenant se soucier de son assaillant, mais également des chauveyas qui avançaient vers lui. Où étaient-ils donc? Il jeta un coup d'œil à sa droite. La chauve-souris géante qu'il avait libérée aidait ses congénères, avec ses dents, à se libérer des liens qui les maintenaient ensemble.

Le citoyen empoigna la jambe de Pakkal et la tira vers lui.

– Cette fois, grogna-t-il, vous ne m'échapperez pas.

– Il faut se sauver, dit Pakkal. Les chauveyas ne feront qu'une bouchée de nous.

– Ils sont attachés, dit l'homme.

Il retourna le prince, prit ses deux bras et le releva sans ménagement.

Pakkal eut alors une vision claire de ce qui se passait. Avec ses dents pointues, le chauveyas qu'il avait débarrassé de ses liens n'avait pas eu trop de difficulté à couper la corde qui tenait captifs ses camarades. Ils étaient maintenant tous libres de bouger comme ils le voulaient. Même si leurs ailes et leurs pattes étaient encore attachées, leur gueule ne l'était pas.

Pakkal tenta de se libérer de l'emprise du citoyen. Mais la poigne était ferme et il était décidé à ne pas le laisser s'enfuir. Mais s'enfuir où ? Ils étaient dans une cage avec cinq chauveyas affamés !

Les chauves-souris géantes formèrent un cercle autour de leurs proies, cercle qui rétrécissait au fur et à mesure qu'elles avançaient. Le citoyen lâcha les bras de Pakkal et lui fit dos. Ils étaient traqués.

À l'extérieur, les autres citoyens essayaient d'attirer l'attention des bêtes en leur criant des injures et en leur lançant des objets. La stratégie s'avéra inefficace.

Pakkal repéra sa lance. Elle était loin, mais il devait la récupérer. Avant que les chauveyas ne soient trop près de lui, il courut en direction de celui qui lui faisait face, sauta, posa un pied sur sa tête et se servit de cet appui pour passer par-dessus lui. Dès qu'il atterrit, il se précipita sur la lance de Buluc Chabtan.

Le prince était maintenant hors du cercle maudit, mais le citoyen, non. Quelques secondes et il en serait fait de lui.

Les chauveyas ne firent pas grand cas de la cabriole du prince. Ils poursuivirent leur avancée vers le citoyen apeuré. Pakkal prit sa lance, la pointa en direction du chauveyas qui lui faisait dos et se précipita sur lui.

La lance pénétra dans le dos, entre les deux ailes. Le chauveyas se figea, puis fut pris de convulsions. Pakkal retira la lance. La bête tomba sur le dos, puis, toujours en proie à de violents spasmes, poussa un cri qui déchira les tympans du prince. Pakkal couvrit ses oreilles et vit le chauveyas se transformer en boule de feu bleu. En moins de quinze secondes, la créature se consuma complètement. Il ne resta plus qu'un tas de poussière noire sur le sol.

Les chauveyas avaient fait une pause pour regarder leur semblable se désagréger puis, sans que cela les trouble, ils continuèrent à piéger le citoyen.

Pakkal tenta de planter sa lance dans le dos d'une autre chauve-souris géante, mais une autre fit un bond et s'interposa entre eux. Sa gueule produisait une quantité remarquable d'écume qui coulait sur le sol. Pakkal recula d'un pas et le chauveyas exécuta un autre bond. Les pattes de la bête atterrirent sur la poitrine de Pakkal qui tomba à la renverse. Mais parce qu'il avait tenu la lance perpendiculaire au sol, le chauveyas s'embrocha dessus en chutant. Son corps fut lui aussi secoué de spasmes incontrôlables. Avant qu'il ne devienne un brasier de feu bleu, Pakkal le repoussa et fit une roulade.

Le chauveyas, tout comme le premier, s'embrasa dans une boule de feu bleu. Lorsque tout fut terminé, le prince récupéra la lance de Buluc Chabtan sur le tas de poussière noire. Elle n'avait pas été détériorée par le brasier, pas même les plumes qui y étaient attachées. Pakkal fut intrigué par les pouvoirs étranges de la lance, mais il mit rapidement ses questions de côté.

Le citoyen était aux prises avec des chauveyas qui donnaient des coups de gueule dans sa direction.

– Attention ! cria Pakkal.

L'autre chauveyas sauta sur le dos du citoyen et planta ses crocs dans son épaule. L'homme poussa un cri de douleur.

Pakkal lança l'arme de Buluc Chabtan qui alla se planter dans le dos du chauveyas.

Ce dernier lâcha prise et s'écroula. Le garçon eut tout juste le temps de tirer le blessé avant que le feu bleu ne l'atteigne.

Il restait deux chauveyas. L'un d'eux avait toujours la corde dans sa gueule.

Sans perdre un instant, Pakkal reprit sa lance pour protéger le citoyen. Celui-ci était couché par terre, les deux mains sur sa plaie. Et il grimaçait de douleur.

Les hommes à l'extérieur de la cage regardaient la scène avec impuissance. Ils tendaient la main pour que le blessé puisse l'atteindre, mais il était trop loin.

Pakkal donna des coups de lance pour éloigner les bêtes. Il ignorait combien de temps il avait devant lui avant que l'homme à ses pieds ne se transforme à son tour en chauveyas. Il se dit qu'il devait sortir de là, avec le blessé, le plus rapidement possible.

Avec son pied, le prince projeta de la poussière en direction des chauveyas. Il profita de leur distraction pour grimper sur le dos de l'un d'eux, celui-là même qu'il avait réussi à monter et à qui il avait passé la corde dans la gueule.

Pendant quelques secondes, la bête tenta de se libérer de Pakkal, mais ce dernier tint bon. En tirant sur la corde, il parvint à contrôler un peu le chauveyas.

– Un couteau ! cria Pakkal aux hommes à l'extérieur de la cage. Vite !

L'un des hommes retira son couteau en obsidienne de sa ceinture et le lança au prince qui l'attrapa au vol. Tout en surveillant l'autre chauveyas du coin de l'œil, Pakkal entreprit de couper la corde qui retenait les ailes du chauveyas sur lequel il était assis.

L'homme blessé se releva péniblement. D'une main, il appuyait sur sa blessure à l'épaule.

Pakkal vint à bout de la corde. Dès que ses ailes furent libérées, le chauveyas les fit battre.

– Approche, dit le prince au citoyen mordu. Viens t'asseoir avec moi sur le chauveyas.

Non sans difficulté, l'homme prit place à ses côtés. Pakkal donna un coup de corde, puis le chauveyas s'envola.

Alors qu'il étudiait le grand codex de Xibalbà, Kalinox entendit, provenant de l'extérieur, une clameur. Son chien jappa deux fois.

– Que se passe-t-il donc ? lança-t-il. N'y a-t-il pas moyen de travailler en paix ?

– Je vais aller voir, fit Laya.

Elle remarqua d'abord, en arrivant sur le balcon, qu'il ne pleuvait plus ; puis que toutes les têtes étaient tournées vers le ciel. Elle fit donc de même. Ce qu'elle vit la stupéfia : un chauveyas survolait le temple royal. Elle recula, jusqu'à ce qu'elle se bute à un obstacle : Kinam, le nouveau chef de l'armée de Palenque. Laya n'avait jamais vu son visage d'aussi près. Elle tenta de se donner une contenance pour ne pas paraître ébranlée.

– Qu'est-ce qu'il y a ? demanda Kinam.

– Un chauveyas, il plane au-dessus du temple.

Il regarda à son tour le ciel. Effectivement, il voyait une de ces bestioles, mais elle était particulière.

– Je vois quelqu'un sur son dos, dit-il.

Laya plissa les yeux.

– Vraiment ?

– Ils sont même deux !

– Pourquoi tourne-t-il en rond comme ça ?

Kinam siffla. Deux de ses soldats approchèrent.

– Demandez aux autres de se préparer à défendre le temple. Nous allons peut-être subir une attaque.

Puis, à Laya :

– Entrez dans le temple, je ne voudrais pas qu'il vous arrive un malheur.

Elle n'obéit pas à Kinam et continua de regarder le chauveyas. Son vol chaotique donnait l'impression qu'il était en état d'ébriété. Il piquait vers le sol, puis remontait, et cela, toujours en tournoyant.

Une dizaine de soldats envahirent le balcon, prêts à défendre le temple royal.

Le chauveyas descendit considérablement avant de reprendre de l'altitude. Laya ouvrit tout grands les yeux.

– Mais c'est Pakkal!

En se tournant vers les soldats, elle leur recommanda:

– L'une des deux personnes qui se trouvent sur le dos du chauveyas est le prince. Faites attention à ne pas le blesser.

Après moult essais, la chauve-souris géante parvint à voler à quelques mètres du balcon. Laya et les soldats se penchèrent de peur de prendre un coup au passage.

Enfin, maladroitement, le chauveyas se posa. Laya vit Pakkal essuyer la sueur qui perlait sur son front avec le dos de sa main. Un homme aux vêtements ensanglantés se tenait à ses hanches. Il avait le teint verdâtre.

Les soldats, dont les longues lances étaient bien affûtées, n'osaient même pas approcher. Pakkal leur fit signe de se dépêcher.

– Il a été mordu par un chauveyas. Il doit voir Frutok le plus rapidement possible pour qu'il lui donne un peu de sève de l'Arbre cosmique.

Lorsque les soldats s'approchèrent pour aider le blessé, le chauveyas donna un coup de tête et se tourna de quelques degrés. Les hommes reculèrent. Pakkal tira vigoureusement sur la corde. La tête du chauveyas se renversa.

– Doux, dit-il.

Laya s'avança vers Pakkal tandis que les soldats s'occupaient du blessé.

– Tu pars chercher ta tarentule et tu reviens avec une chauve-souris géante... Je savais qu'avec toi ce n'était jamais simple, mais pas à ce point-là...

Laya pointa la bête du menton.

– Tu me fais faire un tour?

Le chauveyas fit deux pas en avant, puis trois en arrière. Il n'aimait visiblement pas être bridé.

– Assure-toi que l'homme est bien traité, dit Pakkal. Demande à Bak'Jul de jeter un coup d'œil sur sa blessure. Elle est vilaine.

– Ce sera fait, répondit Laya. Tu ne restes pas?

– Non, je dois trouver Kan, le bacab. On m'a dit qu'il pourra m'aider à trouver le sable de jade.

Laya approcha sa tête de Pakkal, se mit sur la pointe des pieds et déposa un baiser sur sa joue.

– Sois prudent.

Avec une grimace de dégoût, Pakkal essuya sa joue.

– Je n'aime pas ça.

Laya lui fit un clin d'œil.

– Voilà une bonne raison de recommencer. Bon voyage !

Elle fit quelques pas à reculons. Alors qu'il s'apprêtait à tirer sur la corde, Pakkal fut interrompu par un cri.

– Mais qu'est-ce que tu fais là ?

Dame Kanal-Ikal avançait vers lui, les bras en l'air.

– Tu nous as dit que tu voulais récupérer ta tarentule et tu reviens avec un de ces monstres ?

Pakkal leva les yeux au ciel en signe d'exaspération. C'était exactement la rencontre qu'il voulait éviter.

– C'est dangereux, K'inich Janaab. Tu pourrais te casser une jambe ou, pire, le cou ! Descends de là immédiatement.

– Je ne peux pas, grand-mère.

– Tu ne peux pas ? Tu as les fesses collées sur cette bestiole volante, peut-être ?

– Je suis désolé, je dois partir. Il faut que je mette la main sur du sable de jade.

Pakkal donna un coup de corde et cria:

– Allez!

Le chauveyas ne bougea pas. Le prince redonna un coup de corde.

– Allez!

Toujours pas de réaction chez la chauve-souris géante.

– Tu vois, K'inich Janaab? Elle n'ose pas décoller parce que je suis là. Elle sait à quel point ma colère peut être grande quand on me désobéit.

– C'est un peu humiliant, grommela Pakkal. Tu dois t'envoler.

Il donna un coup de corde à droite et à gauche. Toujours pas de réaction.

– Descends de là immédiatement, lui ordonna sa grand-mère. Maintenant!

Le chien de Kalinox, qui venait prendre l'air sur le balcon, sauva la mise à Pakkal. En voyant le chauveyas, il adopta une position de défense et se mit à aboyer sans pouvoir s'arrêter.

Le chauveyas, gagné par la panique, déploya ses ailes et s'envola. Une fois l'effet de surprise passé et avant qu'il ne soit trop haut dans le ciel, Pakkal envoya la main à Laya et à sa grand-mère.

Il fallut quelques minutes à Pakkal pour pouvoir contrôler adéquatement le chauveyas. Lorsqu'il tirait la corde vers la droite, la chauve-souris géante allait à gauche. Et vice-versa. S'il voulait prendre de l'altitude, il devait relâcher la corde et donner un bon coup vers lui. Pour descendre, c'était encore un mystère, mais Pakkal ne s'en faisait pas trop: il avait le temps.

Il dut s'y reprendre à trois fois avant de pouvoir s'orienter. Le ciel était couvert d'une masse nuageuse grise plutôt menaçante. Hunahpù étant à peine visible, Pakkal eut de la difficulté à déterminer où il se levait et où il se couchait.

Au loin, Pakkal entendait gronder le tonnerre de Chac. Il songea à son incursion dans le *nahil ah'* et espéra que le dieu de la Pluie n'allait pas jeter sa malédiction sur lui.

Le chauveyas volait assez rapidement au goût de Pakkal; peut-être un peu trop même, car il devait se coucher sur le dos de la bête pour réduire le plus possible la résistance de l'air.

Il commença à pleuvoir. Un petit crachin d'abord, puis un véritable déluge. Pakkal ne voyait plus rien devant lui.

Il y eut un coup de vent qui fit rapidement perdre de l'altitude au chauveyas. Il piqua vers le sol. Pakkal sentit une crispation dans son ventre qui l'empêcha de respirer pendant quelques secondes. Il tira sèchement sur la corde et ils frôlèrent la cime des arbres.

Le prince était désorienté. Il ne savait même pas s'il allait dans la bonne direction. Au dernier instant, il vit un arbre plus grand que les autres. Il força le chauveyas à battre des ailes plus rapidement. De justesse, ils évitèrent une collision.

Il faisait maintenant tempête. Il y eut un éclair qui illumina le ciel et aveugla le garçon. Le chauveyas fut troublé, mais il le fut encore plus lorsque le tonnerre s'abattit au-dessus de leurs têtes. Cette fois, même si Pakkal tenta de redresser la bête, il n'y parvint pas.

Ils s'écrasèrent dans un arbre. Le prince protégea son visage. Il sentit des branches lui flageller le corps. Puis le chauveyas fut arrêté par le tronc de l'arbre. Le choc éjecta Pakkal, mais il attrapa la branche d'un autre arbre au dernier instant.

À l'aide de ses jambes, il saisit une autre branche et s'assit dessus. Il était certes ébranlé, mais il n'avait mal nulle part. Il leva les yeux; le chauveyas était à deux mètres de lui, les ailes coincées dans les branches. Pakkal remonta lentement et, en prenant soin de ne pas se faire mordre, attacha la corde au tronc de l'arbre pour que la bête ne s'éclipse pas.

La pluie continuait à tomber dru. À intervalles réguliers d'une dizaine de secondes, Chac lançait une de ses flèches lumineuses et faisait gronder le ciel.

Le prince eut un moment de panique : il avait égaré sa lance ! Il se rappelait l'avoir eue en main pendant l'écrasement, mais pas lors de l'impact. Elle ne devait donc pas être loin. Il devait la retrouver.

Lorsqu'un éclair apparut, il la vit, plantée perpendiculairement au sol. Une vague de soulagement le submergea.

Branche après branche, il descendit de l'arbre. Il se laissa tomber et atterrit sur ses pieds. Alors qu'il allait s'emparer de la lance de Buluc Chabtan, il vit la foudre s'abattre sur un arbre et le fendre en deux. Il y eut un grand craquement, puis l'arbre, lentement, s'effondra dans sa direction. Pakkal récupéra sa lance et se mit à courir pour éviter d'être écrabouillé. Lorsque l'arbre toucha le sol, un éclair frappa un autre arbre à proximité. Cette fois, il explosa. Des copeaux de bois volèrent au-dessus de la tête du prince.

Il n'en fallut pas plus pour que Pakkal comprenne qu'il était pourchassé par Chac, gardien du *nahil' ah*.

Le tonnerre fit vibrer le sol. Pakkal grimpa dans l'arbre où se trouvait toujours le chauveyas.

Si la chauve-souris géante était foudroyée, il pourrait dire adieu à son moyen de locomotion.

Alors qu'il la détachait, il sentit les poils de ses bras se dresser. Le bout de ses doigts picotait également. Tout, autour de lui, devint blanc et une odeur de brûlé vint lui chatouiller le nez.

Il tourna la tête et vit que l'extrémité de sa lance était liée à la foudre. Cela dura quelques secondes, puis l'éclair s'évanouit. Pakkal observa sa lance avec stupéfaction.

Là où la foudre s'était abattue, les feuilles et les branches brûlaient. Ni Pakkal ni le chauveyas n'avaient été touchés par la foudre. Même si la lance de Buluc Chabtan avait tout absorbé, il n'y avait aucune trace d'altération.

Pakkal laissa tomber l'idée de détacher le chauveyas et grimpa dans l'arbre pour atteindre la cime. La pluie était d'une telle intensité que les branches et les feuilles enflammées par la foudre étaient déjà éteintes.

Une fois en haut, Pakkal tendit sa lance et cria :

– Chac ! Je suis K'inich Janaab, prince de Palenque.

Le garçon ressentit une autre fois une démangeaison au bout des doigts. Quelques secondes plus tard, dans une explosion lumineuse, un éclair s'abattit sur sa lance.

Pakkal regarda de plus près le phénomène: c'était comme si la tige de lumière, d'un rayon de quelques centimètres à peine, dansait sur la pointe de la lance. Puis elle disparut.

– Chac! poursuivit Pakkal. Je suis allé dans le *nahil' ah* pour discuter avec Itzamnà, votre père. Il m'a chargé de former l'Armée des dons pour protéger la Quatrième Création, mais, avant tout, je dois rencontrer Kan.

Les nuages au-dessus de la tête de Pakkal formèrent une spirale ressemblant curieusement à un œil. Le prince continua:

– Vous devez m'aider, je n'y arriverai pas si vous continuez à déverser votre pluie à ce rythme.

Au loin, on entendit le tonnerre. Pakkal observait les nuages dans lesquels apparurent des stries de lumière de différentes couleurs: des bleus, des rouges, des jaunes et des vertes.

Puis la masse nuageuse s'abaissa. Pakkal avait l'impression qu'il allait être écrasé par le ciel. Quelques minutes plus tard, les nuages gonflés d'éclairs multicolores se trouvaient à sa portée. Il n'avait qu'à lever sa lance pour y toucher. Ce qu'il fit, comme si c'était, dans les circonstances, la seule chose à faire.

Toutes les fulgurations se concentrèrent sur la lance. Pakkal ne pouvait croire ce qui se passait sous ses yeux.

•۞•

La spirale nuageuse aux rayures bigarrées se mit à tourner sur elle-même jusqu'à former un tunnel. Tout au bout, Pakkal pouvait apercevoir le ciel bleu. La pluie avait cessé dans cette ouverture, mais continuait à s'abattre à l'extérieur.

Pakkal saisit l'occasion. Il descendit de quelques branches et aida le chauveyas à libérer ses ailes coincées dans les branches. Puis il grimpa sur son dos.

– Tu dois t'envoler, dit le garçon, impatient, craignant que la fenêtre ne disparaisse.

Il tira un peu n'importe comment sur la corde. Le chauveyas battit des ailes et, à l'aide de ses pattes, tenta de se dégager.

– Allez, tu en es capable, fit Pakkal.

Enfin, la bête fut libre. Le prince tira la corde vers lui, et le chauveyas prit de l'altitude. Pakkal le fit entrer dans le corridor menant vers le ciel bleu. Il devait s'assurer de rester en plein centre pour ne pas heurter les bords, manœuvre qui lui semblait risquée.

Quelques instants plus tard, il était au-dessus des nuages qui formaient un tapis noir. Cela lui fit penser à la première fois qu'il était monté dans l'Oiseau céleste et qu'il avait admiré le tapis d'un vert éclatant que constituait le feuillage des arbres.

Une fois le chauveyas et Pakkal passés, l'ouverture se referma.

– Merci, dit le prince.

En guise de réponse, Chac envoya un éclair dans la masse nuageuse, suivi d'un fracassant coup de tonnerre.

Entre les nuages et le ciel où il n'y avait aucun obstacle, la direction à prendre devint évidente. La chaleur du soleil combinée à la vitesse de déplacement du chauveyas permit aux vêtements et aux cheveux du prince de sécher rapidement.

Pakkal se coucha sur le chauveyas et posa sa tête sur sa nuque. Il prit une profonde inspiration et regarda les nuages sous lui défiler. Il ferma les yeux et s'assoupit.

Il se réveilla en sursaut, alors qu'il rêvait que Selekzin le poussait du haut du Bain de la Reine. Il ouvrit les yeux pour s'apercevoir qu'il était étendu face contre terre.

Il lui sembla être au milieu d'une forêt. Le chauveyas dormait à ses côtés. Pakkal n'entendait que les cris de perroquets et de singes qui se chamaillaient. Où avait-il donc atterri ?

Le garçon se releva. En face de lui, derrière les arbres, il lui semblait voir un terrain vague.

Il se trompait ; il s'agissait en fait d'un précipice. La falaise était si haute que le fond lui semblait à des kilomètres. À l'horizon, il ne voyait rien d'autre qu'un ciel bleu, exempt de tout nuage.

Il regarda de plus près ce qu'il y avait en bas de cette falaise. La surface était verte, constituée de morceaux carrés aux coins arrondis collés les uns aux autres, comme s'il s'agissait d'une mosaïque. Ce n'étaient pas des arbres, Pakkal en était persuadé. De plus, la surface semblait en mouvement et se terminait, au loin, par une pointe.

Pakkal regarda autour de lui et trouva un bloc de pierre d'une grosseur appréciable. Il tenta de le faire bouger, mais sans succès. Il prit sa lance, posa une plus petite pierre sur le sol, puis s'en servit comme appui pour faire bouger le bloc jusqu'au bord du précipice. Avec ses jambes, il le poussa dans le vide.

Couché sur le ventre, Pakkal le regarda chuter jusqu'à ce qu'il ne puisse plus le voir.

Il remarqua que la pointe de la surface en mosaïque verte s'élevait. Et plus elle prenait de l'altitude, plus il était clair pour Pakkal qu'il était au bout du monde et que ce qu'il voyait était la queue d'un lézard géant, le *Nuuk Àain*, celui sur lequel reposait le monde.

Pendant quelques minutes, le garçon admira les ondulations de la queue. En prenant conscience des dimensions de l'extrémité du *Nuuk Àain*, il n'arrivait pas à imaginer à quel point sa tête devait être immense. Il se demanda aussi s'il arrivait que le *Nuuk Àain* se brûle la queue lorsque Hunahpù réapparaissait le matin.

Le prince se releva, mit ses mains sur ses hanches. S'il était au bout du monde, cela signifiait que le temple du Ciel et Kan ne devaient pas être loin. Il revint sur ses pas. Le chauveyas dormait toujours. Pakkal noua la corde à un arbre à proximité avec prudence, craignant que la bête ne feigne de dormir uniquement pour mieux l'attaquer. Mais cela ne semblait pas être le cas.

Pakkal partit à la découverte de l'endroit. Il n'y avait que des feuilles mortes sur le sol et des arbres. Alors qu'il contournait un rocher, il aperçut un amoncellement de verdure ayant la forme d'un temple. Il s'y rendit au pas de course. Il posa sa lance, puis entreprit d'arracher les lianes et les branches d'arbres. C'était effectivement un temple. Devant lui se trouvait un bloc de stuc dans lequel on avait taillé une tête de jaguar de la même taille que lui.

Le garçon poursuivit le débroussaillage. Il n'avait jamais vu un édifice bardé d'autant de glyphes si détaillés. Pour avoir vu Xantac en graver sur des monuments de Palenque, il se dit que cela avait dû prendre beaucoup de temps aux scribes qui les avaient produits. Plusieurs dieux du Monde supérieur semblaient avoir leur glyphe. Pakkal reconnut Chac, Itzamnà et sa femme, Ix Chel, Ah Mun, dieu de l'Agriculture et du Maïs ainsi que les quatre bacabs, dont un était plus grand que les autres et avait les bras en l'air, comme s'il soutenait quelque chose. Pakkal supposa qu'il s'agissait de Kan.

Le prince fit le tour du temple afin de trouver l'entrée. Il dut s'y reprendre à trois fois ; à certains endroits, le feuillage était si touffu qu'il dut utiliser sa lance pour en évaluer l'épaisseur.

L'entrée du temple du Ciel était située du même côté que le précipice annonçant le bout du monde. Trop pressé d'y pénétrer, Pakkal ne prit pas la peine d'arracher ce qui obstruait le passage ; il s'y fraya un chemin du mieux qu'il le pouvait. Plus il avançait, plus il y faisait sombre. Il monta des marches, puis aboutit dans une pièce exiguë, pas plus grande que sa chambre. Les murs étaient lisses, sauf celui du fond. Il lui sembla distinguer un homme, les bras parallèles au sol et les jambes un peu écartées.

– Bonjour ?… dit Pakkal.

Un bruissement se fit entendre.

Quelques instants après, il y eut un cri perçant, puis un autre. Pakkal se protégea le visage tandis que deux singes effrayés déguerpissaient du temple du Ciel.

Le prince poursuivit lentement son avancée. Il se rendit compte que la silhouette qu'il avait vue n'était pas celle d'un homme ; il la piqua avec sa lance afin de s'assurer qu'elle n'allait pas bouger. Il s'agissait plutôt d'un renfoncement dans le mur.

Pakkal ignorait comment procéder afin d'accéder à Kan. Il était cependant persuadé que la solution à son problème résidait dans le temple du Ciel. Mais que faire ? La pièce n'avait que quatre murs et était petite. Le garçon passa sa main sur le sol, à la recherche d'une trappe. Le plancher était parfaitement lisse.

La cavité en forme d'homme devait donc être plus que décorative. Pakkal posa sa lance, fit dos à la cavité, puis recula pour s'y enfoncer. Il appuya ses mains et ses pieds bien au fond.

Lorsqu'il colla sa tête, il eut l'impression que le sol se dérobait sous lui et qu'il faisait une chute libre, mais dans le mur, horizontalement. Le prince tenta de s'agripper, mais en vain. L'impression de dégringolade dura quelques secondes. Puis une lumière vive venue de la porte éclaira l'intérieur du temple du Ciel. Les murs étaient désormais couverts de glyphes. D'un geste brusque mais inutile, Pakkal s'extirpa de l'anfractuosité. Sa lance était toujours dans la pièce, appuyée contre le mur.

Il avança vers la porte, puis rebroussa chemin. Alors qu'il allait s'emparer de la lance, une voix grave dit :

– Tu n'en auras pas besoin.

Pakkal posa tout de même sa main sur l'arme.

– Je t'assure, tu n'en auras pas besoin.

Finalement, Pakkal lâcha la lance. Il s'arrêta dans le chambranle de la porte. Il fallut quelques secondes à ses yeux pour s'habituer à l'intensité de la lumière. Se dessinèrent devant lui les contours d'un être gigantesque.

– Quel est ton nom ? demanda la voix.

– K'inich Janaab…

– Pakkal, coupa la voix. Tu viens de Palenque. Père m'a prévenu que tu allais peut-être venir faire ma connaissance.

– Peut-être ? fit Pakkal.

– La route qui mène à moi est hasardeuse. Peu y sont arrivés. Comment as-tu fait pour y parvenir si rapidement et sans blessure?

– Cela n'a pas été aisé, effectivement, d'autant plus que Chac s'est fâché.

Un rire retentissant se fit entendre.

– Chac est plutôt susceptible. Il lui en faut peu pour être de mauvaise humeur. Comment as-tu fait pour me trouver si vite?

Les yeux de Pakkal s'étaient adaptés à la luminosité. Il discutait avec un géant qui avait une tête de jaguar. Il lui semblait que ses canines étaient aussi grandes que les plus hauts des arbres. Kan portait deux tresses et un chignon. Ses vêtements étaient rouges et ses bras étaient semblables à ceux d'un être humain. D'une main, il tenait le ciel et, de l'autre, dans la paume, le temple du Ciel et Pakkal.

– J'ai trouvé un moyen de transport efficace, répondit le garçon.

– Père Itzamnà disait donc vrai: tu es débrouillard.

Pakkal se sentit flatté que le créateur des dieux ait dit cela de lui.

– Je cherche du sable de jade. Il m'a dit que vous pourriez m'aider.

– Je peux t'aider, dit Kan, mais d'une autre manière.

Pakkal leva un sourcil interrogateur.

– Je ne comprends pas.

– Ne retourne pas à Palenque.

– Pourquoi donc?

– Il n'est pas dans ton intérêt de te retrouver à l'endroit où se trouve le sable de jade.

– Kan, expliquez-moi.

– Je ne peux t'en dire plus. Tu m'as entendu: oublie le sable de jade et ne remets plus les pieds à Palenque.

Décontenancé, Pakkal rétorqua:

– C'est impossible. Je dois rapporter du sable de jade et en verser dans la rivière Otulum. Des gens vont mourir si je n'y arrive pas.

– Je sais, et c'est fort dommage.

– Et certains membres de l'Armée des dons sont paralysés. Je vais avoir besoin d'eux. Je n'ai pas le choix.

Kan approcha son visage. Pakkal pouvait sentir le souffle chaud de son haleine.

– Les choix, au bout du compte, ont une durée de vie très courte si on les compare à leurs conséquences, K'inich Janaab. Tu oublieras. Penses-y.

– C'est déjà tout pensé, répliqua le prince. Je dois trouver du sable de jade.

– Tu as le choix, dit Kan. Mais il y en a un qui est beaucoup plus périlleux que l'autre, crois-moi.

En jouant au jeu de balle, Pakkal avait appris que le choix le plus risqué que l'on pouvait faire était celui qui paraissait le plus sûr.

– Je vous serais reconnaissant si vous pouviez me dire où se trouve le sable de jade, Kan.

– Tu peux trouver le sable de jade dans le Village des lumières. Il y a, un jour, eu une faille dans la voûte céleste et c'est là que le sable s'est écoulé.

– Pourquoi le « Village des lumières » ?

– Cet endroit n'est pas entouré d'arbres. Les rayons de Hunahpù ne rencontrent aucun obstacle.

– Que s'est-il donc passé pour qu'il y ait une fuite dans le Monde supérieur ?

Le bacab éluda la question.

– Tu dois savoir que ce n'est probablement pas un hasard si Ah Puch t'envoie là-bas. C'est sûrement un piège.

– Ce n'est pas Ah Puch qui m'envoie là-bas.

– Ne le sous-estime pas. Il n'est pas trop tard, K'inich Janaab, pour changer d'idée.

Il n'était aucunement question, pour le prince Pakkal, de laisser tomber Palenque et ses citoyens. Il s'en faisait un honneur. Kan poursuivit :

– Tu connais le Hunab Ku ?

– *Le* Hunab Ku?

Kan voulait-il parler du symbole représentant le père d'Itzamnà, le serpent géant qu'on disait à deux têtes, et qui portait le même nom?

– Oui, *le* Hunab Ku.

Le Hunab Ku, dont le symbole était constitué des quatre directions des bacabs dans une spirale représentait le parfait équilibre existant dans le monde, par exemple le bon et le mauvais, le jour et la nuit, la vie et la mort. Il symbolisait aussi la perfection de l'univers, tous ses mouvements et son énergie ainsi que toutes les consciences qui avaient existé, autant animales que végétales.

– Je le connais un peu.

– Si tu mets le pied dans le Village des lumières, le prévint Kan, je crains que tu le *comprennes*. Tu n'es pas encore prêt.

Pakkal se demandait bien comment sa présence dans le Village des lumières allait lui permettre de *comprendre* le Hunab Ku. Qu'y avait-il donc à saisir?

Le prince demanda plus de détails à Kan, mais le bacab préféra ne rien ajouter.

– Tu pourrais anticiper, K'inich Janaab, et ce ne serait pas bon.

– Une partie du *Pok-a-tok* consiste à anticiper, c'est même nécessaire.

Kan eut un ricanement saccadé.

– Qu'y a-t-il ? demanda le prince.

– Le *Pok-a-tok* est un jeu.

Pakkal était indigné par la réaction de Kan.

– C'est un jeu sérieux ! Mon grand-père en est mort !

Le bacab hocha la tête, comprenant qu'il n'allait pas faire changer d'idée le petit être têtu qui se trouvait dans la paume de sa main, petit être aussi têtu qu'un *tzimin*. Cependant, il ajouta :

– Si tu savais à quel point le chemin qui mène au Monde supérieur est hasardeux, tu te montrerais plus prudent.

Kan lui demanda ensuite de rentrer dans le temple du Ciel et de prendre place au même endroit, dans l'anfractuosité. Un perroquet aux ailes couvertes de plumes blanches allait lui indiquer le chemin pour se rendre au Village des lumières. Il n'avait qu'à le suivre.

Pakkal mit fin à la conversation avec Kan en le remerciant. Il entra dans le temple du Ciel et se mit dans la cavité. Cette fois, il eut l'impression d'être poussé violemment vers l'intérieur du temple.

Le prince récupéra sa lance et sortit. Le chauveyas dormait toujours.

Pakkal avait gardé un goût amer de la discussion qu'il avait eue avec le bacab rouge. Il détestait entendre dire qu'il n'était « pas prêt ». Et pourquoi avait-il été si vague à propos du Hunab Ku ? Ce n'était qu'un symbole, après tout !

L'idée d'abandonner Palenque lui donnait la nausée. Pouvait-il affronter pire rapace que Selekzin ? Il en doutait. Et l'hypothèse qu'Ah Puch l'envoyât sciemment là-bas semblait, aux yeux de Pakkal, loufoque.

Le prince observa les arbres, mais il ne vit pas de perroquet aux ailes blanches. Puis, tout près de lui, il entendit :

– Ici.

Pakkal se retourna. Sur le toit du temple du Ciel, il vit, perché, un perroquet aux ailes blanches.

– Ici, répéta l'oiseau.

Le prince se dirigea vers le chauveyas. Pendant qu'il la détachait, la chauve-souris géante tenta de le happer avec sa mâchoire aux dents acérées. Pakkal évita sa gueule de justesse. Il se jura de ne jamais refaire l'erreur de baisser sa garde.

– Ici, dit encore le perroquet.

– Je sais, je sais, répondit Pakkal. Je dois monter cette bête sauvage avant de pouvoir te suivre.

Il tentait de manœuvrer pour monter sur le dos du chauveyas sans heurt.

– Ici, redit le perroquet.

– Je t'ai entendu, fit le prince, impatient.

– Ici.

Pakkal jeta un regard mauvais au volatile. Enfin, il parvint à grimper sur le dos du chauveyas qui n'appréciait aucunement son initiative. Le prince prit la corde et tira un bon coup. Le chauveyas ne bougea pas.

– Ici.

Pakkal, irrité, lança:

– Je sais qu'il faut que je te suive, d'accord? Pas besoin de me le rappeler à tout instant. Quand je serai prêt, je te ferai signe.

Le prince tira encore une fois sur la corde. Le chauveyas ne broncha pas.

– Allez, souffla Pakkal, ce n'est pas le moment de faire l'orgueilleux.

Qu'il tirât la corde à gauche, à droite, en haut ou en bas, le résultat était le même: le chauveyas ne voulait rien savoir.

Avec le perroquet qui ne cessait de répéter «ici», Pakkal sentait qu'il n'était pas loin de la crise de nerfs.

Il colla son front sur le dos de la bête et boucha ses oreilles avec ses deux index. Il se dit que si, de tout en haut, Kan le regardait, il devait bien se bidonner. Comment s'y prendre pour faire décoller cette ignoble créature?

Le garçon ouvrit tout grands les yeux: il croyait avoir trouvé la solution.

Il approcha sa bouche des deux oreilles en forme de triangle du chauveyas.

– Wouaf!

La bête remua. C'était déjà mieux que ce à quoi il était arrivé en utilisant la corde. Pakkal continua à imiter l'aboiement d'un chien:

– Wouaf! Wouaf, wouaf!

Le chauveyas, craintif, déplia ses ailes. Pakkal redoubla d'ardeur, même s'il se trouvait passablement ridicule. Il entendit un «wouaf» provenant d'ailleurs.

– Wouaf! Wouaf! Wouaf!

Le perroquet s'était mis de la partie. Pakkal et lui aboyèrent en chœur et, enfin, la chauve-souris géante décolla.

Mais le perroquet n'avait de cesse d'imiter Pakkal qui, lui, imitait le jappement du chien. Le chauveyas était incontrôlable.

– Arrête, ordonna Pakkal.

L'oiseau, contrairement à ce que Pakkal lui demandait, se mit à tourner autour du chauveyas en criant de plus en plus fort.

– Tais-toi, cria le prince.

Il n'arrivait pas à contrôler le chauveyas. Paniquée, la créature se frappait aux branches des arbres et exécutait des cabrioles qui, chaque fois, faisaient craindre à Pakkal de tomber.

Pendant quelques instants, le garçon songea à assommer le perroquet avec sa lance, mais cela lui aurait nui.

– Si je te mets la main dessus, je te le jure, je te casse le cou !

Les menaces du prince n'eurent aucun effet. Chaque fois que le perroquet poussait un cri, Pakkal devait tirer la corde avec vigueur pour empêcher la débâcle.

Ce fut alors qu'une idée lui traversa l'esprit.

Tant bien que mal, le prince arracha un des vêtements du chauveyas, le déchira en deux puis, tout en essayant de se cramponner le plus solidement possible, en fourra un morceau dans chacune des oreilles de la bête. En quelques secondes, le chauveyas se calma et Pakkal parvint à le contrôler. Quelques instants plus tard, comme s'il savait que cela n'avait plus aucun effet, le perroquet cessa de japper.

Il fut aisé pour Pakkal de le suivre : lorsqu'il s'apercevait qu'il allait trop vite, l'oiseau ralentissait pour lui permettre de le rattraper. Ils traversèrent quelques forêts et survolèrent des cités dont le garçon ignorait les noms. Après avoir contourné une montagne, ils débouchèrent sur une plaine couverte de feuilles mortes, au milieu de laquelle se trouvait un hameau. « Le Village des lumières », se dit Pakkal.

Le perroquet se posa sur une des huttes, puis le prince fit atterrir le chauveyas. Dès que ce dernier s'immobilisa, le perroquet s'envola.

Il n'y avait pas âme qui vive dans le Village des lumières. Les huttes étaient délabrées et les jardins, pas entretenus. Comme si le village avait été abandonné.

Pakkal fit avancer le chauveyas jusqu'à un poteau planté dans le sol et fit un nœud avec la corde pour l'empêcher de se sauver.

Armé de sa lance, il entreprit de faire une visite des lieux. Il eut l'impression que les villageois avaient été obligés de partir hâtivement. Dans les jardins, des outils comme des râteaux et des hachettes avaient été laissés en plan.

Le prince entra dans un potager et cueillit quelques haricots. Dès qu'il en croqua un, un goût horrible envahit sa bouche. Il le recracha immédiatement. Il observa le morceau qui restait dans sa main ; il semblait normal.

Il continua son chemin. Il s'arrêta en plein milieu du village, là où, sans doute, avaient lieu les rassemblements, et cria :

– Y a-t-il quelqu'un ?

Pas de réponse.

Pakkal trouvait fort étrange que le sol fût couvert de feuilles mortes jaunes, oranges et rouges, comme si le village se trouvait en plein milieu d'une forêt. Il se pencha et en prit quelques-unes dans ses mains. Encore plus bizarre : elles étaient humides, alors que les rayons de Hunahpù frappaient directement sur elles.

Le prince entra dans une hutte. Là aussi, le plancher était recouvert de feuilles mortes.

Pakkal commença à s'inquiéter lorsqu'il se rappela qu'il était venu chercher du sable de jade et qu'il n'y en avait trace nulle part. Il se mit à arpenter chaque hutte. C'étaient des demeures aussi banales que celles que l'on pouvait trouver à Palenque. Et toujours pas de trace de sable de jade.

Le garçon se dirigea vers une cabane plus petite et à l'écart des autres, croyant qu'il s'agissait d'un endroit où l'on rangeait les outils parce qu'il y en avait aussi de ce genre à Palenque.

Lorsqu'il y entra, il poussa un soupir de soulagement : devant lui, d'un vert chatoyant, se trouvait un monticule de ce qui lui sembla être du sable de jade.

Pakkal leva la tête et ferma les yeux :

– Merci, Itzamnà !

Il en prit dans sa main. C'était le sable le plus doux et le plus fin qu'il ait jamais touché.

Le sommet du monticule atteignait ses hanches. Le garçon se mit à genoux et entreprit de remplir le petit sac de jute qu'il avait apporté avec lui.

Il entendit soudain un bruissement. Rapidement, il se releva et, la lance pointée devant lui, se retourna. Il n'y avait personne. « Peut-être un animal », se dit-il.

Pakkal reporta son attention sur le sable de jade. Quelques instants plus tard, encore un bruit. Cette fois, il tourna seulement la tête. Toujours rien.

Il sentit que quelque chose d'humide touchait ses pieds. Il se pencha et se rendit compte que des feuilles mortes, lentement, recouvraient ses sandales. Le sol était jonché de feuilles. Pakkal en était persuadé : lorsqu'il était entré dans la cabane, il n'y en avait pas.

Avec ses pieds, il repoussa les indésirables. Mais les feuilles continuèrent tout de même à avancer.

– C'est dégoûtant ! lança-t-il.

Pakkal vit alors une partie des feuilles mortes se gonfler et prendre la forme d'un homme, comme s'il émergeait du sol. Deux bras poussèrent, puis un buste et une tête.

Sur la tête se dessinèrent deux trous pour les yeux et un pour la bouche. La créature exhala une plainte :

– À l'aide !

Derrière elle, il y eut une autre protubérance de feuilles mortes qui se transforma en être humain jusqu'au torse. La créature tendait les mains à Pakkal et poussa un gémissement qui lui donna la chair de poule.

– À l'aide ! Nous sommes prisonniers !

Derrière eux s'élevait une autre forme, mais avec des traits menaçants cette fois. Celle-là avait des jambes. Avec ses mains, comme si elle voulait les faire taire, elle repoussa les deux autres dans le sol et disparut.

Pakkal recula d'un pas et tomba assis sur le tas de sable de jade. Il se remit à remplir son sac, mais cette fois hâtivement.

Il s'arrêta. Il sentit que des feuilles en putréfaction touchaient la peau de son cou. Il se retourna promptement, la lance parallèle au sol. Une créature faite de feuilles mortes, plus grande que lui, tentait de l'étrangler. Lorsque le garçon s'était tourné, son arme était passée au travers de la créature et lui avait coupé le torse en deux. Les feuilles se dispersèrent dans la pièce, et la créature disparut.

Pakkal finit de remplir le sac. Alors qu'il se dirigeait vers la sortie, une main de feuilles lui empoigna la cheville. Il la piqua avec le bout de sa lance et elle s'évanouit.

En sortant de la cabane, le prince eut une vision d'horreur.

Des dizaines de mains faites de feuilles mortes, voire des centaines, étaient tendues vers Pakkal. Une plainte aiguë se fit entendre. Les êtres demandaient tous de l'aide. Comme dans la cabane, certains étaient aussitôt réduits au silence par des créatures plus grandes au faciès agressif.

Le prince hésita quelques instants, puis il empoigna une des mains et, avec force, la tira vers lui. Il parvint à faire sortir l'être du sol jusqu'aux genoux, jusqu'à ce qu'une des créatures aux traits menaçants intervienne. Elle posa ses mains sur les épaules de celui que Pakkal aidait et l'enfonça dans le sol.

– Lâche-le, grommela le garçon en tentant de la repousser.

Cela ne fonctionna pas. La créature continua d'enfoncer l'autre dans le sol.

Pakkal prit sa lance et la planta dans la poitrine de la créature. Cette dernière ouvrit la bouche toute grande et perdit sa consistance.

Le prince, avec ses deux mains, tira vivement le bras en feuilles qui s'extirpa complètement du sol.

Contrairement à ce que Pakkal croyait, il n'y avait pas un homme en dessous, mais une forme d'ombre. Une fois débarrassée des feuilles mortes, la masse sombre déguerpit sur le sol.

Pakkal en aida trois autres à sortir de leur prison végétale. Il s'agissait bel et bien d'ombres. Le garçon se dit que le Village des lumières portait mal son nom : il aurait dû s'appeler le Village des ombres.

Partout où son regard se posait, Pakkal voyait des mains tendues vers lui. Et les plaintes se poursuivaient sans relâche.

Le prince avait pris assez de sable de jade pour en verser dans la rivière Otulum. Il pouvait repartir. Mais que faire de tous ces appels au secours ? Pouvait-il en faire fi ?

Les créatures feuillues étaient de plus en plus agressives. Pakkal passait plus de temps à les piquer avec sa lance qu'à extraire les ombres des feuilles mortes. Loin de l'aider, les désespérés lui empoignaient les chevilles et l'empêchaient d'avancer.

Le garçon se rendit compte qu'il était maintenant entouré de créatures. Il avait beau les piquer les unes après les autres pour les faire disparaître, d'autres venaient grossir les rangs. On lui enserra le torse, les jambes et le cou. Il lui sembla d'abord qu'il était tombé à genoux, mais il ne tarda pas à constater que ses pieds et ses mollets avaient disparu.

Les créatures l'enfonçaient dans les feuilles.

Pakkal arrivait difficilement à bouger ses jambes. Chacun de ses pieds semblait être chaussé d'une sandale faite de roche.

Il était maintenant dans le sol jusqu'aux hanches. Il planta sa lance dans la terre et, en déployant toute son énergie, entreprit de se sortir de là. La pression exercée par les créatures lui rendait la tâche encore plus difficile. Le prince s'empêtrait de plus en plus. Il n'y avait maintenant plus que le haut de sa poitrine, ses bras et sa tête qui émergeaient de la mer de feuilles mortes.

C'est alors qu'il sentit qu'on poussait sur ses pieds, vers le haut. Ce fut plutôt faible au début, pas assez pour qu'il puisse s'extraire des feuilles mortes, mais la poussée devint rapidement plus vigoureuse, de sorte que, même avec la pression des créatures autour de lui, il parvint à se libérer de l'emprise des feuilles mortes.

Pakkal se débarrassa des créatures. Il en fit passer une par-dessus lui, en piqua deux en pleine poitrine, et réussit à faire perdre l'équilibre à deux autres. C'est alors qu'il vit une brèche dans la barrière que formaient les créatures ; il s'y précipita.

Pendant sa course, le garçon se rendit compte, en tâtant sa ceinture, que le sac de sable de jade avait disparu. Il s'arrêta brusquement et se retourna : le sac ne se trouvait qu'à quelques mètres derrière lui, sur le tapis de feuilles mortes. Les créatures hostiles, cependant, se faisaient de plus en plus nombreuses, ne cessant de surgir du sol.

Pakkal rebroussa chemin. Il donna une multitude de coups de lance et parvint à empoigner le sac. Ses assaillants n'avaient pas eu le temps de recomposer un mur autour de lui.

Le sac bien serré dans la paume de sa main libre, le prince fonça. Il fit disparaître plusieurs de ses attaquants avant de pouvoir se libérer.

Il courut dans le village et parvint à un endroit où le sol n'était couvert que de poussière. Il tenta de reprendre son souffle, mais la pause fut de courte durée : il vit le tapis de feuilles mortes, sur lequel reposaient des créatures, avancer vers lui.

Pakkal repartit de plus belle. Il lui fallait trouver le chauveyas et retourner à Palenque. Il se promit de revenir avec l'Armée des dons, une fois le problème résolu dans sa cité, pour aider les prisonniers des viles créatures faites de feuilles en putréfaction. Ils l'avaient aidé à se sortir du pétrin; il avait donc, à leur égard, une dette d'honneur.

Mais, pour l'instant, il ne songeait qu'à déguerpir. Il tourna la tête dans tous les sens afin de se situer. Toutes les huttes et les jardins se ressemblaient. Il en contourna plusieurs puis s'arrêta, ayant l'impression de tourner en rond. Il était désorienté.

En jetant un regard sur le sol, il aperçut une ombre. Il leva les yeux, mais il n'y avait personne. Il regarda de nouveau l'ombre: elle semblait lui faire des signes. Elle pointait une direction. Pakkal ne bougea pas, puis l'ombre fit de plus grands gestes, comme si elle s'impatientait.

Le prince la vit partir et décida de la suivre. Quelques pas plus loin, elle stoppa devant une hutte plus haute que les autres et lui fit signe d'y entrer. Pakkal, incrédule, lui obéit.

Une fois à l'intérieur, il comprit pourquoi l'ombre l'avait fait entrer dans cette demeure. Une échelle menait au toit. De là-haut, il pourrait mieux voir quelle direction prendre.

Il lui fallut quelques secondes pour pouvoir se situer. Il ne vit pas le chauveyas, mais il arriva tout de même à se repérer.

En trombe, il sortit de la hutte. Il fonça tout droit, tourna un peu à droite et se retrouva sur la place publique. De là, il sut comment faire pour retrouver le chauveyas et détaler.

Lorsqu'il arriva à l'endroit où il avait attaché la chauve-souris géante, il n'y trouva que la corde.

Pakkal se pencha et regarda la corde de plus près. Elle n'avait pas été coupée, on avait plutôt défait le nœud.

– C'est ça que tu cherches ?

Le garçon sursauta. En se levant, il se retourna lentement.

À quelques mètres de lui, son chauveyas se faisait flatter la tête par un individu au visage ravagé par la pourriture et dont les vêtements étaient déchirés et sales. Il portait une toque de cheveux et des mèches étaient tombées. On voyait le fond de sa tête.

Le chauveyas n'avait plus les pattes liées.

– Il faisait pitié ainsi attaché, non ? Je me suis dit qu'il fallait lui rendre sa liberté. Ce sont de charmantes bêtes, n'est-ce pas ?

La créature donna un coup de gueule, attrapa la main de l'individu et y planta ses dents.

– Aïe ! fit-il.

Il tenta de libérer sa main en tirant, mais en vain. Il décida d'asséner des coups sur la tête du chauveyas.

– Lâche-moi, sale bestiole !

La chauve-souris lâcha prise. L'individu lui donna un coup de pied dans le flanc.

– Déguerpis d'ici, je ne veux plus te voir.

– Non, s'écria le prince, il ne faut pas !

Avec désolation, le prince regarda son moyen de transport s'envoler.

– C'est le seul moyen que j'avais pour retourner à Palenque, marmonna-t-il.

Pakkal observa l'individu. Son visage, même s'il était en décrépitude, lui rappelait quelqu'un. Parce qu'il semblait venir tout droit de Xibalbà, le garçon décida de rester sur ses gardes.

– Ne pars pas, dit le type. Je m'ennuie, ici, seul.

– Tu as été mordu par un chauveyas, fit Pakkal.

L'être leva sa main. Les marques des dents étaient bien visibles, mais il ne saignait pas.

– Une blessure de plus ou de moins, est-ce que ça change quelque chose ?

L'individu fit une pause, puis :

– Tu me reconnais ?

Il fit un pas en avant. Pakkal, nerveusement, en fit un en arrière.

– Tu ne dois pas avoir peur de moi. Tu me permets d'avancer ?

Pakkal ne dit rien. Le type fit un pas, puis un autre, et s'arrêta.

– Regarde-moi bien, lui ordonna-t-il.

Le prince fronça les sourcils : l'individu portait les mêmes vêtements que lui. Certes, ils étaient sales et troués, mais il s'agissait néanmoins des mêmes. Ses hanches étaient ceintes par la ceinture que son grand-père lui avait offerte, avec le symbole du bouclier. L'individu dégageait une épouvantable odeur, comparable à celle de Buluc Chabtan ou d'Ah Puch.

– Qui es-tu ? demanda Pakkal.

– Tu me connais très bien.

L'individu agrippa la gorge de Pakkal et exhiba ses dents pourries. Le prince étouffait. Il donna un coup de lance sur le bras du monstre et parvint à se dégager.

– Je suis Chini'k Nabaaj. Tu me reconnais, allez, avoue-le.

Pakkal pointa sa lance en direction de son assaillant.

– Je ne te connais pas, grommela-t-il.

À cet instant, il vit avancer, derrière Chini'k Nabaaj, plusieurs créatures faites de feuilles mortes. Chini'k Nabaaj leva un bras et elles interrompirent leur marche.

– Tu as fait la connaissance de mes amis les feuilleux? Je ne sais pas si tu le savais, mais avant, ici, c'était un lieu plein de joie et d'allégresse. Les feuilleux se sont chargés de mettre fin à cette mascarade.

– Vous avez transformé le Village des lumières en Village des ombres, déclara Pakkal.

– Bien dit, cher ami. Très bien dit.

Chini'k Nabaaj avança vers le prince. Celui-ci pointa sa lance. Chini'k Nabaaj s'arrêta.

– Tu sais, avant que tu n'arrives, je croyais les feuilleux invincibles. Les gens de ce village ont tenté de se défendre férocement. Ils ont utilisé tout ce qu'ils avaient sous la main, mais rien n'a marché. La lance de Buluc Chabtan semble efficace.

Chini'k Nabaaj tendit la main.

– Je peux la prendre?

Pakkal recula.

– Je t'assure, déclara Chini'k Nabaaj en ricanant, que je ne croyais pas que tu allais me la donner. Je ne suis pas idiot.

Le garçon serra ses jointures sur sa lance.

– Qu'est-il arrivé aux gens de ce village?

– Ce n'est pas trop clair. Regarde par toi-même.

Chini'k Nabaaj se retourna et, avec ses mains, fit un mouvement comme s'il repoussait quelque chose. Les feuilleux se fondirent dans le tapis de feuilles mortes qui se replia. Chini'k Nabaaj fit apparaître des dizaines d'ombres qui semblaient appartenir à des femmes, à des hommes et à des enfants. Paniquées, elles se dispersèrent, les ombres des mères tenant la main de leurs enfants, comme si l'on venait de soulever un rocher et de dévoiler des insectes effrayés par la soudaine lumière du jour.

Pakkal eut la confirmation de ce qu'il soupçonnait : les mains qu'il avait vues sortir des feuilles mortes et le supplier de les aider appartenaient aux ombres des villageois.

– Elles n'iront pas bien loin, assura Chini'k Nabaaj. Les feuilleux vont les rattraper.

– Pourquoi ? fit Pakkal.

– Peut-être parce que j'ai manqué d'amour, répondit ironiquement Chini'k Nabaaj. Toi, as-tu manqué d'amour ?

– Non, dit sèchement Pakkal.

– Te demandes-tu où est papa en ce moment ?

Pakkal fut désarçonné par la question.

– Papa ? demanda-t-il.

– Oui, tu sais, l'homme qu'on appelait par ce nom et qui est subitement sorti de notre vie sans qu'on sache vraiment ce qui s'était passé. C'est mystérieux, quand même, ne trouves-tu pas?

La manière dont Chini'k Nabaaj parlait laissait Pakkal incrédule. Qui était-il donc? Un frère dont on lui aurait caché l'existence?

– Non, fit Chini'k Nabaaj, je ne suis pas ton frère; je suis *toi*.

« Le Hunab Ku », songea Pakkal. Le bon et le mauvais.

Chini'k Nabaaj passa sa langue sur ses dents noires, puis dit:

– Nous sommes deux, actuellement, mais un seul d'entre nous parviendra à quitter le Village des ombres. Et ce ne sera pas toi.

– C'est ce qu'on verra, répliqua Pakkal.

– On peut considérer la Quatrième Création comme d'ores et déjà perdue, K'inich Janaab. Ah Puch est trop puissant, toute résistance est inutile. Tu le sais, sinon je n'existerais pas.

Chini'k Nabaaj avança.

– Ah Puch me réserve de grandes choses. Lorsque je me serai débarrassé de toi, je pourrai faire mon entrée à Xibalbà.

– Tu es optimiste, lança Pakkal.

Le double ténébreux du prince ricana.

– Tu es si naïf. Notre seigneur t'a tendu un piège et, comme un imbécile, tu es tombé dedans. Tout cela pour *sauver* Palenque. Tu ne penses qu'à ton petit chez-toi alors que le Monde intermédiaire s'écroule !

Pakkal sentait que le moment où il allait devoir se défendre approchait. À quel genre d'attaque pouvait-il s'attendre de la part de cet être répugnant ? Il le savait fort physiquement, mais il ignorait ses autres pouvoirs.

– Je vais te faire une confidence, veux-tu ? poursuivit Chini'k Nabaaj. Dès qu'Ah Puch aura le dos tourné, je me chargerai de lui. Et je deviendrai le roi de Mitnal.

Pakkal songea aux moyens à sa disposition pour se défendre. Il pouvait utiliser sa lance, mais pas les insectes, puisqu'ils formaient une barrière protégeant le temple royal des citoyens en colère.

Chini'k Nabaaj ferma les paupières et les rouvrit.

– Tu crois vraiment que notre don pourrait servir à quelque chose, ici, contre moi ? Tu penses que tu pourrais venir à bout de moi avec un essaim de guêpes ou d'une harde de blattes ?

Chini'k Nabaaj lisait dans l'esprit de Pakkal. Le prince se força à faire le vide dans sa tête.

– Tu es si faible, K'inich Janaab. Si faible… Je ne comprends pas que tu ne veuilles pas devenir moi. Mais oui, c'est vrai, nous avons des conversations avec Itzamnà. Cela nous donne de l'importance. Nous croyons qu'un jour nous parviendrons à devenir un dieu du Monde supérieur.

L'image du temple royal surgit dans la tête de Pakkal. Il avait besoin d'utiliser son don contre Chini'k Nabaaj.

– Oui…, dit son double. Laisse tomber notre minable cité. Ils ne nous méritent pas.

Que devait faire Pakkal ? Récupérer son don pour avoir une chance de combattre Chini'k Nabaaj ou se débrouiller comme il le pouvait avec la lance de Buluc Chabtan ?

– Oh ! souffla Chini'k Nabaaj, le dilemme. Arrête de t'en faire, je vais t'aider à régler cela.

Chini'k Nabaaj joignit ses deux mains et, lentement, les pointa en direction du prince. Celui-ci sentit soudainement une grande fatigue s'emparer de lui. Il avait même du mal à se tenir debout.

Pakkal vit Chini'k Nabaaj s'avancer, poser une main sur sa poitrine et le pousser. Il chuta.

– Le temple royal, en ce moment, n'est plus protégé. Les guêpes ne sont plus sous notre emprise. Les citoyens en colère vont massacrer tous ceux qui s'y trouvent, y compris la belle Laya.

Pakkal avait du mal à trouver l'énergie pour respirer. Cligner des yeux lui demandait un effort considérable.

Chini'k Nabaaj se pencha pour s'emparer de la lance de Buluc Chabtan. Dès qu'il y toucha, il retira sa main en grimaçant.

– Aïe !

Il venait de recevoir une décharge électrique. Il essaya de nouveau : autre décharge.

– Mais qu'est-ce ?…

Autre tentative, même résultat. Il se retourna et siffla. Le tapis de feuilles mortes avança jusqu'à lui et un feuilleux en surgit.

– Empare-toi de cette lance, ordonna-t-il.

Dès qu'il toucha l'arme, le feuilleux fut parcouru par de petits éclairs blancs et s'évanouit.

Entre-temps, Pakkal sentait que, lentement, ses forces revenaient. Il pouvait désormais songer à se lever. Avant de bouger, il attendit d'être parfaitement sûr de pouvoir rassembler la force nécessaire pour se mouvoir à sa guise.

Xantac, le feu maître de Pakkal, lui avait dit plusieurs fois qu'il était têtu comme un *tzimin*. Cela pouvait être une qualité, mais aussi s'avérer être un défaut lorsque l'obstination ne menait nulle part. En regardant agir Chini'k Nabaaj, Pakkal voyait un exemple flagrant de ce zèle stérile: son double essayait toujours de s'approprier la lance de Buluc Chabtan, même s'il devait chaque fois absorber un choc. Il y mettait tellement d'énergie qu'il semblait avoir oublié la présence de Pakkal.

La lance se trouvait à deux mètres du prince. Tout juste avant qu'il ne se jette dessus, un doute l'assaillit; et s'il était électrocuté, lui aussi? Il ne savait pas pourquoi ce phénomène se produisait, mais cela le servait bien.

Alors que, pour une énième fois, Chini'k Nabaaj retirait sa main de la lance en poussant un «aïe!» retentissant, Pakkal profita du moment pour se jeter sur son arme. Aucun choc électrique. Il se releva prestement et asséna un coup de pied en pleine poitrine à son double qui tomba à la renverse.

– Chac! Chac! Chac!

Sur le toit d'une hutte, Pakkal vit le perroquet aux ailes blanches qui l'avait conduit dans ce lieu. Il ne cessait de répéter ce nom:

– Chac! Chac! Chac!

Chini'k Nabaaj se releva et fit un signe de la main en direction du perroquet qui poussa un cri, comme s'il venait de recevoir un projectile, et s'envola. Chini'k Nabaaj tourna son visage, tordu par la colère, vers Pakkal.

– Au revoir, *Pakkal*…

Chini'k Nabaaj ouvrit ses mains, colla ses bras contre son corps, puis les tendit parallèlement au sol. Sous les pieds de Pakkal, le sol se mit soudainement à trembler.

– Je te présente *mon* don !

Du tapis de feuilles mortes surgirent d'horribles mille-pattes géants au dos d'un rouge strié de noir et couvert d'épines. Au bout de chacune de leurs deux antennes s'ouvrait une gueule remplie de dents en forme de crochet.

Chini'k Nabaaj demanda :

– Alors, comment trouves-tu les insectes du Monde inférieur ?

Laya arpentait le temple royal de long en large, grignotant l'ongle de son index.

– Mais qu'est-ce qu'il fait ? se demanda-t-elle.

– Nous devons lui laisser du temps, répondit Kalinox, toujours plongé dans le grand codex de Xibalbà.

– Le temps, nous ne l'avons pas !

Dans un coin de la pièce, Bak'Jul, le praticien de Palenque, s'assurait que l'état du citoyen mordu par un chauveyas demeurât stable. Frutok lui avait fait boire de la sève de l'Arbre cosmique ; aussi sa santé ne pouvait-elle que s'améliorer.

Le hak, assis sur le sol, le dos au mur, leva la main et ordonna à Laya :

– Assieds-toi, tu m'énerves.

– C'est toi qui m'énerves de ne pas être nerveux !

Frutok baissa la main et prit quelques secondes pour réfléchir à ce que Laya venait de lui dire.

À l'extérieur, on entendit une clameur de réjouissance. Laya, Frutok et Kalinox se regardèrent. Que se passait-il donc ?

Un soldat entra en trombe dans la salle principale. Il alla se placer devant Kinam.

– Qu'y a-t-il ? demanda le chef de l'armée.

– La barrière de guêpes est tombée, répondit le soldat. Les citoyens prennent d'assaut le temple royal.

– Vous pouvez disposer, dit Kinam.

Il se retourna et lança aux fonctionnaires :

– Vous devez tous aller vous réfugier dans la pièce attenante.

Il jeta un coup d'œil à dame Kanal-Ikal ainsi qu'à Kalinox.

– Vous aussi. Et il ne faut pas oublier le blessé. Et vous.

Il venait de se tourner vers Laya.

– Moi ? fit-elle, indignée. Je peux me défendre !

Frutok se releva et étira ses membres.

– Bon ! Un peu d'action ne me fera pas de mal.

Il se dirigea vers le balcon. Laya lui emboîta le pas, mais le hak l'arrêta.

– Toi, la petite, tu ferais mieux de rester ici, dit-il.

Comparativement à la princesse, le hak était immense. Une seule de ses mains pouvait faire le tour des hanches de la jeune fille.

– Ah oui ? Et qui va m'arrêter ? Toi ?

Elle contourna Frutok et se rendit sur le balcon.

De grosses gouttes de pluie tombaient sur la cité, et le tonnerre grondait au loin.

C'était la guerre. Dès que le rideau de guêpes était tombé, les citoyens n'avaient pas hésité à charger. Chaque soldat était aux prises avec deux ou trois citoyens. La bataille avait lieu sur les marches du temple royal, ce qui ne facilitait en rien leur tâche. Pour l'instant, ils résistaient, mais Laya doutait qu'ils puissent tenir longtemps.

Frutok se lança dans la mêlée sans tactique apparente. Laya ne savait que faire ; elle n'avait pas d'arme et certains des citoyens semblaient animés d'une fureur sans nom. Se jeter dans ce tumulte équivalait à un suicide.

Les soldats avaient de plus en plus de mal à offrir une opposition adéquate. Plusieurs étaient tombés au combat, d'autres avaient battu en retraite, blessés. Les citoyens avançaient marche par marche.

– Repli ! cria Kinam.

Les soldats qui en étaient encore capables se replièrent en haut de l'escalier du temple pour former un mur de protection devant l'entrée et ainsi empêcher les citoyens de mettre les pieds dans la salle principale.

Occupée à regarder les soldats, Laya ne s'était pas rendu compte qu'elle était prise entre les attaquants et l'armée. Lorsqu'un citoyen apparut devant elle, elle ferma les yeux, ouvrit la bouche et poussa un cri strident. Elle rouvrit les yeux, stupéfaite : l'homme déboulait les marches. Elle sentit alors qu'on la soulevait.

– Si tu recommences, menaça Frutok, je te laisse te débrouiller seule. C'est compris ?

Les coups de poing que Frutok assénait envoyaient valser tous ceux qui avaient le malheur de se trouver sur son passage.

On entendit le bruit perçant d'un sifflet. Laya se retourna et vit Kalinox, à quelques mètres d'elle, dans le cadre d'une fenêtre.

– Ce n'est ni le lieu ni le moment pour jouer de la musique, lui cria-t-elle.

Le vieux scribe attendit quelques instants, puis fit sortir de son sifflet une autre mélodie.

Frutok se fraya un chemin dans la barrière de soldats, puis reposa Laya avec dureté. Elle atterrit sur les fesses.

– Un peu de délicatesse ne te coûterait pas trop, ronchonna-t-elle.

La jeune fille se releva et alla rejoindre Kalinox qui était toujours à la fenêtre. En moins d'une minute, la situation avait été renversée.

– Mais qu'est-ce ?… murmura-t-elle.

Venus de l'arrière du temple royal, des dizaines de singes hurleurs avaient pris d'assaut les citoyens. Avec leurs longs membres, ils s'accrochaient à leur cou et leur donnaient des coups sur la tête. Cette attaque était d'autant plus surprenante que le singe hurleur n'agresse jamais personne, à moins que lui ou l'un de ses petits ne soit menacé.

Les citoyens tentaient tant bien que mal de se protéger, mais la frénésie des singes était telle que toute réplique semblait impossible.

Du doigt, Kalinox montra à Laya le bas des escaliers.

– Regarde qui rapplique.

Des crocodiles ! Il y en avait cinq ou six qui s'approchaient du temple royal. Une fois au pied du temple, ils ouvrirent leur gueule.

Kalinox souffla dans le sifflet. Les singes hurleurs s'arrêtèrent net, levèrent la tête, poussèrent des cris et retournèrent dans la forêt.

Plusieurs citoyens en colère étaient partis pendant l'attaque des singes, avant l'arrivée des crocodiles. Il en restait tout de même bon nombre sur les marches du temple.

– Je vais vous laisser partir, dit Kalinox. Mais si l'un d'entre vous ose encore s'approcher, j'ordonnerai aux crocodiles de ne faire qu'une bouchée de lui !

Kalinox siffla. Les reptiles géants formèrent un corridor de quelques mètres.

– Déguerpissez maintenant ! ordonna Kalinox. Les crocodiles ne sont pas patients.

Avec prudence, les citoyens empruntèrent le corridor et s'évanouirent dans la cité. Aucun n'osa répliquer.

• ✵ •

– Montre-moi ce que tu peux faire contre *ça*.

Les mille-pattes géants avançaient vers Chini'k Nabaaj en faisant travailler leurs multitudes de pattes et en ondulant. Ils progressaient vite et des bataillons complets émergeaient encore de sous les feuilles mortes.

Un des mille-pattes se détacha et se redressa. Sous sa tête, deux bouches pleines de dents béaient.

Le prince se concentra. En prévision d'une attaque, il fit appel à des hannetons afin de former une barrière qui le protégerait des mille-pattes.

– Tu penses à des hannetons ? demanda Chini'k Nabaaj en ricanant. Tu ne peux rien faire de mieux que ça ?

Les bouts des doigts de Pakkal qui touchaient la lance lui picotaient. Il éprouvait la même sensation qu'un peu plus tôt, alors qu'il se trouvait dans l'arbre avec le chauveyas et qu'il allait recevoir un éclair de Chac. Cependant, le ciel était exempt de nuages ; il n'y en avait même pas à l'horizon.

Les hannetons, qui arrivaient de tous les côtés, volaient lourdement en direction du prince. Amusé, Chini'k Nabaaj les regarda se placer devant le prince. Pakkal eut l'idée de créer une plate-forme constituée des insectes, d'y grimper et de fuir.

– Je ne t'en laisserai pas le temps, souffla Chini'k Nabaaj.

Il pointa du doigt son double et cria :

– Supprimez-le !

Les mille-pattes foncèrent. Derrière la barricade de hannetons, Pakkal se mit en position de défense.

Les premiers myriapodes à heurter les hannetons furent arrêtés. Mais Pakkal sentait que son bouclier n'allait pas tenir longtemps.

– Chac ! Chac !

Pakkal aperçut le perroquet aux ailes blanches qui volait en rond au-dessus de sa tête.

– J'ai entendu ! rouspéta-t-il. Mais qu'est-ce que tu veux que j'en fasse, de Chac ?!

Puis, en imitant le perroquet, il cria :

– Chac ! Chac !

Soudainement, il vit, autour de la lance, un halo de lumière blanche se former, halo dans lequel de petits éclairs apparaissaient et disparaissaient. Il n'eut pas le temps de l'observer longtemps, puisqu'un mille-pattes réussit à se faufiler et le chargea.

L'insecte géant, que Pakkal n'arriva pas à stopper, grimpa sur ses jambes, puis sur sa poitrine. Le prince tenta de s'en défaire, mais les nombreuses pattes, pourvues de crochets, étaient bien fixées à sa chair et à ses vêtements. Il asséna un coup de poing sur la tête de la bestiole qui ne réagit aucunement, puisqu'elle était couverte d'une plaque de protection. Il s'empara de la tête et la maintint le plus loin possible de son visage, les gueules au bout de ses antennes tentant de l'atteindre. Avec son corps, le mille-pattes ceignit la poitrine du garçon.

– Chac !

Pakkal entendait le perroquet crier sans cesse le nom du dieu de la Pluie.

Les mille-pattes parvinrent à avoir raison de la barrière de hannetons et se lancèrent à l'assaut de Pakkal. Ils escaladèrent son corps et entreprirent de le mordre. Les jambes entravées, il tomba.

Chini'k Nabaaj s'approcha.

– Quelle mort horrible !... souffla-t-il. Comme je les aime !

Pakkal sentit des brûlures sur son corps. Les mille-pattes le mordaient. La pression qu'ils exerçaient en s'enroulant autour de lui devenait intenable. Non seulement il ne pouvait plus bouger, mais sa poitrine était comprimée et il avait de plus en plus de difficulté à respirer. Il devait se sortir de là à tout prix.

Comme si l'on venait de poser un voile noir sur son visage, le prince fut plongé dans l'obscurité. Il n'y eut plus que le babil du perroquet, répétant sans cesse le nom du dieu de la Pluie, qui lui parvenait.

Pakkal utilisa toutes les forces qui lui restaient et hurla :

– Chac !

C'est alors qu'un bruit de déchirement se fit entendre, suivi d'éclairs blancs. En un clin d'œil, Pakkal se retrouva libre de toute entrave. Il se redressa sur les coudes et ne vit que des mille-pattes immobiles et fumants jonchant le sol autour de lui. Certains étaient sur le dos ; d'autres, cassés en deux. En regardant sa lance, Pakkal comprit : il venait de les électrocuter.

En criant le nom « Chac », il avait généré une décharge électrique provenant de son arme, décharge si forte qu'elle avait abattu, sur-le-champ, les mille-pattes. Mais le prince de Palenque n'avait rien ressenti.

Il se releva. Tous les insectes autour de lui étaient raides morts. Mais pas de trace de Chini'k Nabaaj ; il avait disparu.

Pakkal était persuadé qu'il n'était pas loin et qu'il n'allait pas tarder à rappliquer. Il décida de coller son dos au mur d'une hutte et d'attendre la suite des événements.

Un craquement. Le garçon vit deux bras s'emparer de son corps et le tirer dans le mur qui céda. Il se retrouva dans la hutte, par terre, aux pieds de Chini'k Nabaaj qui semblait concentré et qui avait posé ses mains sur le sol.

Le prince pointa la lance vers lui et cria : « Chac ! » Il se forma sur la pointe une boule de lumière parsemée d'éclairs qui frappa Chini'k Nabaaj en pleine poitrine. Il fut projeté dans l'ouverture du mur de la hutte, qu'il avait créée en tirant Pakkal, et atterrit sur le sol.

Pakkal se mit à sa poursuite.

– Chac !

Une autre boule de lumière. Cette fois, Chini'k Nabaaj parvint à l'éviter en faisant une roulade. Elle finit sa course dans un jardin d'épis de maïs qu'on n'avait pas arrosé depuis belle lurette et qui s'embrasa.

Non sans difficulté, Chini'k Nabaaj se remit debout et s'enfuit. Pakkal cria une autre fois le nom du dieu de la Pluie.

Lorsqu'il reçut la boule de lumière en plein dos, Chini'k Nabaaj poussa un hurlement avant de s'effondrer.

C'est alors que Pakkal sentit un souffle lui caresser le visage, souffle qui se transforma rapidement en vent cinglant. Lorsqu'il vit d'où cela provenait, son visage se décomposa.

– Nom d'Itzamnà !

Des insectes ressemblant à des papillons, portant sur chacune de leurs ailes antérieures un dessin d'œil menaçant, avançaient vers lui.

Leurs six pattes étaient couvertes d'épines et leur trompe se terminait par un dard. Mais ce qui impressionna le plus le prince, c'est qu'ils semblaient aussi grands que lui.

– Chac !

Une boule lumineuse fut projetée en direction du papillon le plus proche. Elle perça l'une de ses ailes, et l'insecte exécuta une vrille vers le sol avant de s'écraser.

Pakkal tourna la tête ; il y en avait tant que le village semblait plongé dans l'obscurité. Il lança de nombreuses sphères de lumière qui atteignirent toutes leurs cibles, le ciel en étant rempli.

Le garçon intensifia son offensive. Chaque fois qu'un de ses projectiles touchait un papillon, un autre apparaissait. Pakkal sentit l'un d'eux dans son dos. Il se retourna. La bestiole chargeait avec le dard au bout de sa trompe. Le prince planta sa lance dans son thorax et hurla le nom du dieu de la Pluie. Le papillon fut parcouru par des fulgurations et s'affaissa.

Partout où le regard de Pakkal se posait, il y avait des papillons. Son arme ne suffisait pas à la tâche. Chini'k Nabaaj apparut subitement devant lui. Le prince voulut lui lancer une décharge électrique, mais des papillons l'en empêchèrent. Il reçut un coup de poing en plein estomac, qui lui coupa le souffle. Il en perdit sa lance.

– Toute résistance est inutile, grogna Chini'k Nabaaj.

Il souleva le prince et le projeta sur le toit d'une hutte, qui céda. Pakkal tomba lourdement sur une table.

Lorsqu'il entra dans la demeure, qui semblait être celle d'un potier, Chini'k Nabaaj ne vit pas Pakkal. C'est alors qu'on lui fracassa un vase sur la tête.

Le prince sauta sur un tabouret, puis donna un coup de pied au visage de son ennemi. Chini'k Nabaaj perdit l'équilibre et s'effondra dans un tas de poteries.

Pakkal sortit et partit à la recherche de sa lance. Les papillons, à l'extérieur, se dispersaient. Son arme n'était pas très loin. Alors que le prince s'apprêtait à s'élancer pour courir jusqu'à elle, Chini'k Nabaaj s'empara de l'une de ses chevilles et le fit tomber. Pakkal fit un demi-tour pour faire face à son assaillant. Ce dernier avait la main grande ouverte et tentait de la poser sur la tête du prince.

Le bras de Chini'k Nabaaj était puissant. Même avec ses deux mains, Pakkal peinait à le retenir. Le visage de son double était tordu par la colère.

– Tu vas devenir moi !

La main de Chini'k Nabaaj était maintenant tout près de son objectif. Les muscles des bras de Pakkal n'avaient plus d'énergie.

Lorsque la main s'abattit sur son visage, l'image d'Ah Puch surgit immédiatement dans son esprit. La peur lui donna l'énergie nécessaire pour se dégager. Chini'k Nabaaj saisit la ceinture du prince pour le ramener à lui.

– Xibalbà est trop puissante, dit-il. Il ne sert à rien de résister.

Pakkal se retourna et lança au visage de Chini'k Nabaaj une poudre blanche qui traînait sur le sol. Aveuglé, son adversaire le relâcha immédiatement.

Le prince sortit de la hutte en courant. Il s'arrêta brusquement lorsqu'un papillon s'interposa et, avec sa trompe, tenta de le piquer. Il l'esquiva. À quelques mètres de la lance, un autre insecte géant chargea. Pakkal plongea vers le sol et glissa jusqu'à la lance.

– Chac !

Le garçon se débarrassa des papillons qui le tourmentaient, puis entra de nouveau dans la hutte. Chini'k Nabaaj n'y était plus.

Nerveusement, Pakkal entreprit de parcourir le village. Il ne laissait aucune chance aux papillons qu'il rencontrait : ils avaient droit à une électrocution en règle.

– K'inich Janaab !

Le prince se retourna. C'était la voix de Chini'k Nabaaj, mais Pakkal n'arrivait pas à voir où il était.

– K'inich Janaab !

Cette fois, il lui semblait que Chini'k Nabaaj se trouvait à sa droite. Du coin de l'œil, il crut voir un corps bouger. Il décocha une boule lumineuse qui alla s'abattre sur une hutte.

Pakkal fut attiré par une ombre sur le sol. Elle lui faisait de grands signes et semblait lui demander de la suivre, ce qu'il fit. Elle lui fit traverser un potager et, en contournant une cabane délabrée, il vit Chini'k Nabaaj.

– Chac !

Le double du prince parvint à se pencher juste à temps pour éviter les éclairs. Pakkal décida d'arrêter de courir et d'attendre, mais l'ombre lui fit signe de continuer. Au dernier instant, elle fit de grands gestes avec ses bras.

– Prends ça !

Pakkal sentit un cercle de chaleur irradier son dos. Il se sentit soudainement très faible. Il laissa tomber sa lance et tomba sur les genoux. Chini'k Nabaaj venait de l'atteindre une deuxième fois.

– Cette fois, je te tiens, lança-t-il.

Le double donna un coup de pied sur la lance pour l'éloigner du prince. Le contact du pied et de l'arme provoqua des étincelles. Chini'k Nabaaj, avec son talon, fit tomber Pakkal sur le dos et se plaça au-dessus de lui.

– Tu peux dire au revoir au Monde supérieur.

Chini'k Nabaaj écarta ses doigts et posa sa main sur le visage de Pakkal. Quelques secondes plus tard, ce dernier fut secoué de spasmes.

Le prince ressentait une grande lourdeur dans tous ses membres. Chaque fois que son cœur battait, une vive douleur l'assaillait. Il n'avait que l'image d'Ah Puch dans la tête, Ah Puch et son visage en état de décomposition. Le prince crut qu'il allait vomir.

Il ouvrit les paupières et vit que les bras de Chini'k Nabaaj étaient invisibles. Pakkal trouva la force de lever un de ses bras à lui et s'aperçut que la peau qui le recouvrait était devenue grise et putride.

Il comprit alors qu'il devenait Chini'k Nabaaj.

Les douleurs que Pakkal ressentait diminuaient de plus en plus, faisant place à une sourde colère. Pourquoi lui avait-on confié le mandat de sauver la Quatrième Création? Pourquoi lui et pas un autre? Pourquoi ne pouvait-il pas, comme les autres enfants de son âge, passer ses journées à travailler et à jouer? Pourquoi était-il né le même jour que la Première Mère et pas un peu avant ou après? Pourquoi son père, qu'il aimait tant, avait-il disparu du jour au lendemain sans qu'on lui donne d'explication? Qu'est-ce que dame Zac-Kuk, sa mère, lui cachait? Et Kinam? Pourquoi avait-il fallu que le grand prêtre Zine'Kwan sacrifie Xantac, l'homme qu'il aimait le plus? Pourquoi, du plus loin qu'il se rappelait, Selekzin le détestait-il et l'humiliait-il à la moindre occasion? Qu'avait-il donc fait pour mériter cela?

Le garçon sentait ses mâchoires et ses membres se crisper de fureur. K'inich Janaab, dit Pakkal, prince de Palenque, à qui le grand Itzamnà, père des dieux, avait confié la tâche de former l'Armée des dons afin de sauver la Quatrième Création, s'effaçait à une vitesse effarante. Tous les bons souvenirs que Pakkal gardait en mémoire disparaissaient pour faire place aux frustrations, aux humiliations et à la honte qu'il avait ressenties au cours de son existence.

En un seul instant, toute cette hargne s'évacua de son esprit, comme aspirée par une tornade invisible, et Pakkal reprit possession de ses moyens. On le traînait sur le sol, par les bras. Le garçon, sonné, releva la tête et vit qu'on l'éloignait de Chini'k Nabaaj, étendu par terre, inconscient.

– Ma... lance..., murmura-t-il.

Mais on continua à le tirer.

– Ma lance, répéta-t-il en élevant la voix.

– Où est-elle? lui demanda-t-on.

Pakkal ne répondit pas. Celui qui le traînait s'arrêta et mit son visage au-dessus du sien.

– La lance, où est-elle?

Le prince vit alors, à l'envers, un visage rouge bariolé de blanc, surmonté par un chapeau sur lequel des branches avaient été fichées.

Avec stupéfaction, il reconnut Nalik la Fourmi rouge.

N'ayant pas le temps de poser des questions, Pakkal pointa le doigt en direction de Chini'k Nabaaj.

– Elle est là-bas.

Nalik leva le visage et scruta les lieux.

– Je ne la vois pas... Oh! oui, je viens de l'apercevoir!

Il se releva et, au pas de course, partit récupérer la lance de Buluc Chabtan. Mais lorsqu'il mit la main dessus, il reçut une décharge électrique.

– Chak Mo'ol ! jura-t-il. Elle vient de me mordre !

Lentement, à l'aide de ses coudes, Pakkal se releva. Il avait le vertige.

– Elle ne t'a pas mordu, elle vient de t'électrocuter. Je suis le seul qui puisse y toucher.

Le prince se mit à quatre pattes, posa un pied devant lui, puis l'autre. Enfin, il se redressa. Mais il chancelait. Nalik vint le soutenir pour l'aider à marcher. Il lui demanda :

– Que vous a-t-il fait ?

– Je ne sais pas. Mais je ne me sens pas bien du tout.

– Qui est-il ? Il vous ressemble.

– Normal qu'il me ressemble, c'est moi.

La Fourmi rouge attribua à la confusion de Pakkal cette réponse insensée.

Péniblement, Pakkal se pencha et ramassa la lance, à moins de un mètre de Chini'k Nabaaj.

– Est-il mort ? demanda-t-il.

– Je ne sais pas, dit Nalik. Je l'ai assommé, ça, c'est sûr.

Pakkal utilisa la lance comme une canne.

– Il faut partir d'ici.

– Je sais. Suivez-moi.

À travers les débris de mille-pattes et de papillons géants, Pakkal et Nalik s'éloignèrent.

– Que s'est-il passé ici ? demanda Nalik avec dégoût. Je n'ai jamais vu de tels insectes.

– Moi, j'espère ne plus jamais en voir.

Nalik escorta Pakkal jusqu'aux limites du village. Là, un chauveyas l'attendait.

– Attention, prévint Nalik, il n'est pas très gentil.

Pakkal s'assit sur un rocher tandis que la Fourmi rouge dénouait les cordes. Il posa sa tête entre ses mains et ferma les yeux.

Un son familier se fit entendre. Un bruissement. Puis Nalik dit :

– Lâchez-moi, espèces de crétins.

Pakkal leva la tête. Nalik était aux prises avec deux feuilleux qui voulaient l'entraîner dans leur univers de feuilles mortes. Une de ses jambes était déjà partiellement absorbée par le sol.

– Ne bouge pas, ordonna Pakkal.

– Ne bouge pas ? Facile à dire !

Le prince pointa maladroitement sa lance en direction des feuilleux.

– Qu'allez-vous faire ? demanda Nalik, inquiet.

– Chac !

La lance fut parcourue par des éclairs et une boule lumineuse s'écrasa à des mètres de sa cible initiale, trop à gauche, en générant une explosion.

Pakkal pointa sa lance un peu plus à droite. Nalik, constatant les dégâts qu'elle faisait, avait ouvert les yeux tout grands.

– Non ! Ce n'est pas une bonne idée. Elle est dirigée vers moi !

– Chac ! s'exclama Pakkal, ne tenant pas compte de l'avertissement.

La Fourmi rouge se plaqua au sol avant que la boule lumineuse ne la frappât. Cette dernière heurta un des feuilleux qui s'en prenaient à Nalik. La créature prit feu et disparut dans le tapis de feuilles mortes. Ses congénères subirent le même sort. Les feuilles mortes se retirèrent vers le village.

Nalik pointa Pakkal du doigt :

– J'ai failli griller. Dans votre état, vous ne devriez pas pointer cette arme…

Pakkal, justement, leva la lance et la pointa en direction de Nalik.

– Couche-toi ! ordonna-t-il avant de crier le nom du dieu de la Pluie.

– Chac !

La lance cracha une sphère remplie d'éclairs. Nalik se jeta sur le sol. La boule passa à quelques centimètres de lui et finit sa course sur le visage de Chini'k Nabaaj que Pakkal avait vu charger.

Nalik regarda Chini'k Nabaaj s'effondrer et se releva.

– Je dois partir d'ici avant que vous me fassiez flamber !

– Désolé, fit Pakkal.

Nalik, avec précaution, détacha le chauveyas. Il l'avait harnaché exactement comme Pakkal l'avait fait avec le chauveyas qui lui avait servi de moyen de transport. La bête donna des coups de gueule, mais Nalik parvint à la contrôler et à grimper sur son dos.

– C'est à votre tour, dit-il à Pakkal.

Nalik jeta un regard par-dessus l'épaule de Pakkal. Son visage se troubla.

– Dépêchez-vous, il arrive !

En grimpant sur le dos de la chauve-souris géante, Pakkal lança :

– Jappe s'il ne s'envole pas !

– Quoi ? demanda Nalik.

La Fourmi rouge donna un coup de corde. Le chauveyas déploya ses ailes et décolla. Mais Chini'k Nabaaj sauta et parvint à attraper les pattes du chauveyas, ce qui leur fit perdre de l'altitude.

Nalik tira sur les rênes vers le haut, mais c'était peine perdue : ils allaient s'écraser. Pakkal appliqua le bout de sa lance sur l'épaule de son double pour l'électrocuter. La stratégie fonctionna, mais, avant de tomber, Chini'k Nabaaj mit la main sur la lance et l'entraîna avec lui dans sa chute, tout en hurlant.

– Non ! La lance ! cria le prince.

Le chauveyas, avec Pakkal et Nalik sur le dos, s'éloignait rapidement du Village des lumières.

– Devons-nous y retourner ? demanda Nalik.

Le prince pensa à Palenque. Dépité, il dit :

– Non. J'y retournerai plus tard.

Il mit sa main sur sa ceinture, mais n'y trouva pas le sac rempli de sable de jade. Du coin de l'œil, la Fourmi rouge vit que Pakkal était en proie à la panique.

– C'est ce que vous cherchez ?

Nalik tendit le sac de sable de jade. Pakkal, subitement ranimé par l'action, poussa un soupir de soulagement et esquissa un sourire.

– J'ai eu peur.

Ils volaient depuis quelques instants lorsque le perroquet aux ailes blanches apparut et tournoya autour d'eux en criant : « Palenque ! »

– Tu crois que Palenque est par là-bas ? demanda Pakkal.

– Honnêtement, je n'en ai aucune idée !

– Suis ce perroquet. Il va nous indiquer le chemin.

Nalik le pointa du doigt.

– C'est justement lui qui m'a aidé à trouver le village.

Le voyage dura de longues minutes. Pakkal avait hâte de verser le sable de jade dans la rivière Otulum et de guérir les paralytiques. Il espéra qu'aucun de ses amis ou citoyens n'avait péri de cette affection.

Lorsqu'ils arrivèrent dans la cité, comme pour leur souhaiter la bienvenue, Chac fit cesser les averses de pluie et laissa filtrer à travers les nuages sombres quelques rayons de Hunahpù.

Pakkal demanda à Nalik de faire atterrir le chauveyas sur le bord de la rivière contaminée, là où Zipacnà était étendu. Lorsqu'il versa le contenu du sable, le cours d'eau devint subitement vert et dégagea des faisceaux lumineux qui s'élevèrent jusqu'au ciel. Le phénomène dura quelques instants.

Ce fut Zipacnà qui but l'antidote le premier. L'effet fut instantané. Pakkal lui demanda son aide pour propager la bonne nouvelle.

En moins d'une heure, tous les paralytiques de Palenque avaient retrouvé l'usage de leurs membres. Partout dans la ville, on racontait que le prince de Palenque était parvenu à sauver des centaines de vies. La révolte, cessant d'être alimentée par la grogne populaire, mourut.

Le prince retrouva avec plaisir sa grand-mère, Kalinox et Pak'Zil, sans oublier Loraz, sa tarentule, mais aussi l'Armée des dons. Laya le serra dans ses bras.

Du haut du temple royal, Pakkal s'adressa aux citoyens de Palenque. Il leur assura que, tant et aussi longtemps qu'il allait être prince de Palenque, il les protégerait. Il fut acclamé.

Le soir tomba. Une fête fut organisée dans le temple royal. Pakkal put enfin demander à Nalik comment il avait fait pour le retrouver mais, surtout, pourquoi il avait changé de camp.

Nalik avait tout vu lorsque Pakkal avait porté secours au citoyen qui avait été mordu par le chauveyas encagé. Il avait alors décidé de s'emparer du chauveyas qui restait et de suivre le prince. C'était ainsi qu'il s'était rendu au temple du Ciel. Kan lui avait montré quelle direction Pakkal avait prise. Perdu, il était sur le point d'abandonner ses recherches quand un assommant perroquet l'avait interpellé.

Lorsqu'il avait débarqué dans le Village des lumières, des ombres lui avaient indiqué le chemin à suivre pour retrouver le prince. Nalik avait cru que Chini'k Nabaaj était en train d'étrangler Pakkal. Avec un morceau de bois, il l'avait assommé.

Nalik ayant fort mauvaise réputation en raison de ses frasques, Pakkal avait du mal à croire qu'il entretenait maintenant une discussion intelligente avec lui. Il l'invita à se joindre à l'Armée des dons. Nalik accepta sur-le-champ.

Le prince se promit de retourner dans le Village des lumières, mais, cette fois, avec l'Armée des dons. Il devait aider les ombres à retrouver leur corps, se débarrasser une fois pour toutes de Chini'k Nabaaj et, surtout, récupérer la lance de Buluc Chabtan. Lorsque le visage de son double lui traversa l'esprit, il eut la chair de poule.

Dès qu'il s'assit, Pakkal sombra dans le sommeil, la tête appuyée contre un mur de la salle principale. Personne n'osa le réveiller, tant il avait l'air épuisé.

Au petit matin, le garçon se réveilla, le cou ankylosé. Laya avait posé sa tête sur ses cuisses et dormait à poings fermés. Avec délicatesse, Pakkal se releva, faisant bien attention à ne pas réveiller la princesse. Il se rendit à une fenêtre où il assista au lever de Hunahpù.

C'est alors qu'il vit Zenkà grimper les marches du temple trois par trois. Le guerrier entra en trombe dans la salle principale.

– Prince Pakkal, vous devez me suivre.

Le prince lui emboîta le pas.

Pakkal retrouva Frutok, Kinam, Siktok et Nalik tout près du lieu où se trouvait auparavant le Refuge des sacrifiés. Il y avait aussi Bak'Jul le praticien, qui donnait les premiers soins à Katan, revenu d'une expédition à Calakmul. Il était sérieusement blessé.

– Il veut vous parler, dit Zenkà.

Pakkal s'accroupit aux côtés du Maya-chauveyas.

– Que s'est-il passé ? lui demanda-t-il en observant ses meurtrissures.

Katan marmonna :

– Ils s'en viennent et ils sont nombreux.

– Qui « s'en viennent » ? fit le prince.

Katan ferma les yeux et répondit :

– Xibalbà.

À suivre dans
Pakkal – La revanche de Xibalbà

LA NOUVELLE SÉRIE D'AVENTURES